生前沿
学奇遇记”
系列

逃出大脑迷宫

[韩]金庸世 著 [韩]郑因夏 绘 罗婷 译

中信出版集团|北京

科学家有话说

神经工程技术让世界更温暖

20 世纪 90 年代末，美国的电气工人耶西·沙利文在一个电闪雷鸣、雷雨交加的夜晚遭遇了一场不幸的事故。因为停电的缘故，他跑到屋顶去检修电路，却被高压电击中，失去了双臂。

2001 年，神经工程学家们为他进行了一次非常具有挑战性的手术。这次手术是将耶西·沙利文断臂的末端神经移植到胸部肌肉里，再给他安上仿生手臂，让他拥有一副能自由活动的手臂。这次手术大获成功！此前的假肢手术仅仅停留在让截肢的患者看上去有手臂这一阶段，而现在通过给患者安装仿生手臂，能让患者灵活使用双臂，让他的日常生活变得更加便利。

耶西·沙利文表示，如果没有神经工程学家的帮助，他可能连活下去的勇气都没有了。他哭着向神经工程学家们表示感谢，同时说道："不过这个仿生手臂真的好重，足足有20千克呢！麻烦你们帮我再做一副更轻便的仿生手臂吧！"

我们现在身处一个能制作出"自由活动的轻便型仿生手臂"的时代，本书的目的就是为了向所有的小朋友介绍神经工程学知识，如神经工程学是什么，神经工程技术发达的未来世界会是什么样，本书会通过有趣的故事来讲述神经工程学知识，让读者展开想象。作为一位神经工程学家，能看到这样一本书出版，我很开心。如果读者能够通过这本书走近神经工程学领域，那我会更加欣慰。

神经工程学是基于脑科学知识研发治疗技术的一门学科。这些技术可以帮助像耶西·沙利文一样无法自主行动，或是患有神经与精神疾病的患者。希望本书的读者能够成长为神经工程技术发展的引领者，让这个世界变得更温暖。

郑在胜

韩国科学技术院生物与大脑工程学教授

故事大王有话说

未来我们将迎来一个幸福的神经工程学世界

如果我们仅凭想法就能让所有的事物改变，那会是什么样呢？只要想一想作业就完成了，只要想一想衣服和鞋子就穿好了，只要想一想自行车和汽车就能自己往前走，这种生活该多有趣啊！

“脑科学”就是通过研究各种各样的脑部信号来实现“仅凭想法就能让事物改变”的一门学科。而“神经工程学”则可以应用“脑科学”的研究结果来研发机器或是设备。

我希望读者能够通过这本书了解什么是神经工程学，进而对神经工程学产生兴趣。如果能有读者在阅读本书以后，萌生出要成为研究神经工程学的学者的梦想就更好了。

如果这样的人越来越多，那我们在科幻电影中看到的场景应该就能成为现实了。随着神经工程技术及其他各个领域的科学技术越来越发达，我们未来的生活也会越来越便利。

不过我想告诉你们的是，有一件事比科学技术更重要，那就是要学会关爱他人、理解他人。在享受发达的物质文明之前，首先需要懂得珍惜、关爱自己和周围的人。如果我们不能互相爱护、互相理解，那么物质文明越发达，我们只会越痛苦。

希望这本书不仅能给读者带来知识，还能给读者带来满满的爱。

金庸世

目录

第1章
管闲事大魔王崔可弼 1
神经工程学到底是什么？

第2章
头脑生存大赛 19
电影里的神经工程学

第 3 章
最有力的夺冠人选三风兄弟 39
与测谎仪有关的知识!

第 4 章
惊险万分的飞行任务 63
利用神经工程学技术研发的医疗器械

第 5 章
逃出大脑迷宫 97
我想成为神经工程学家!

第1章

管闲事大魔王崔可弼

“喂喂，第一小学的各位小朋友，大家都等得很着急吧？今天我们终于迎来了四年级三班和四班的第二场足球比赛。”

可弼把提前准备好的音响和话筒搬到了操场的正中央。他头上还戴着一个超大的头戴式耳机，俨然成了一个足球解说员。

“上一场比赛最终由三班的金智友踢进了反超一分的一球，赢得了比赛。听说四班的队员整个暑假一直在进行高强度训练，相信这次的比赛将会是一场激烈的交锋。”

操场上回荡着可弼的声音，老师们听到动静后，一脸好奇地开始往操场走。住在附近的居民经过学校的时候也在问，今天学校里是不是在开运动会。

随着体育老师的一声哨响，四班的智胜开了球。球传到了庆英脚上，他一下子带球跑到三班的球门前射门。球被守门员用手挡住了，反弹了出去。

“四班的李庆英真厉害。尽管这次被守门员拦了下来，但还是一次很有感觉的射门。现在队员李庆英擤完鼻涕回到了四班的阵营。”

可弼在解说的时候，嘴巴比场上队员的双腿还勤快，就连队员们喝完水扔水瓶、提裤子这种小动作，他都不会放过。

“抢球成功！三班的金智友独自带球杀入了四班的阵营，现在奇成雄在给金智友信号。传球！球从金智友的脚下传到了奇成雄的右脚下，非常稳。奇成雄双脚都很会运球，无论传得怎么样他都能接到。就在刚刚，奇成雄一脚射门！……球！进！了！”

可弼的呐喊声刚落，场上就响起了上半场结束的哨声。

什么
什么?
来了来了……
就是这样
球!进!了!
啊!
解说员 崔可粥

三班的同学们开始站起来欢呼，大家都很兴奋。虽然上半场结束了，不过多亏了可弼激情澎湃的解说，老师和学生们都没有起身。恰好下节课是六年级的公共体育课，200 多名学生涌到了操场的椅子上观看下半场比赛。

丁零零——

“到饭点了，上午最后一节课下课了。下半场比赛也要结束了。如果比赛就这样结束的话，两队的比分就是 1 比 1 平，不知道裁判会不会加时？”

可弼略带失落的声音回荡在操场上，听到可弼这么说，老师们马上向裁判示意加时。裁判同意加时两分钟，可弼更加激昂振奋地解说了起来。

“现在大家可以看到李央表在准备踢角球。队员李央表平时并不擅长踢角球，这可能是最后一次机会了！”

裁判给出信号后，央表用右脚把球踢了出去。不过不知道是不是踢偏了，球只是滚到了离他不远的地方。

“啊，这球离球门还远着呢。其他队员们同时向他跑去，队员朴智圣跑得最快，只见他用右脚将球踢起，首先是一个胸部控球，接着立马凌空抽射！啊，可惜被守门员拦住了。守门员金冰美把门守得死死的！”

球被冰美拦下后，滚到了成雄的脚下。成雄一个长传，把球传给了正在往前跑的智友。

“啊，金智友突破了最后一个对方队员的防守，正在和守门员一对一对峙。守门员李云世正在往前跑，尽量缩小可以射门的角度。守门员一记铲球……”

“啊！”

智友发出了一声惨叫，随即倒地。她挨了守门员一脚，脚踝好像折了。看到这一突发状况，观众们也骚乱了起来。可弼和老师们连忙跑到智友身边。

由于智友受伤，比赛到此结束。智友被送到了医院，医生在她脚踝上打了石膏。医生说幸好没有伤到骨头，只是韧带拉伤了，还说三周后就可以拆掉石膏。

第二天，智友拄着拐杖走到了教室门口。她一开门，同学们就一窝蜂地拥到她身边。大家问她伤得严不严重，还对她竖起了大拇指，称赞她昨天很酷。智友一瘸一拐地从他们身边走过，坐到了自己的座位上。

可弼是智友的同桌，他接过智友的拐杖放到了地上，小心翼翼地问她："你没事吧？"

"这都是小事，不用担心。"智友爽快地回答道。

"不愧是女中豪杰。"可弼心想。这时班主任老师走进了教室，简单开了个早会后，老师递给了副班长一沓纸，说道："班长腿受伤了，副班长帮我发一下吧。你们知道韩国大学举办的'头脑生存大赛'吧？今年也照常举办，你们要是想参加，需要先征得父母的同意，之后再去报名。"

宣传单发下来后，有的人把它塞到了桌子里，还有人直接扔到了垃圾桶里。不过智友拿起宣传单仔细读了起来。

尽管头脑生存大赛才开始举办没几年，不过每年大赛举办期间都能引发热议。因为它和其他大赛不同，它是通

第三届

头脑生存大赛

时　间　20××年10月10—12日（共3天）

地　点　韩国大学大礼堂

主办方　韩国大学生物与神经工程学系

参加资格　全国3—6年级小学生

组队方式　三人一组

本次大赛是一场仅通过意念来通关游戏的虚拟现实大赛，只能通过意念来完成任务……

韩国大学校长 朴头脑

过游戏来一决胜负的。而且它的游戏不像是足球那种需要激烈运动的，而是在虚拟现实环境中依靠意念来完成的。这激起了智友这个游戏发烧友的好奇心。

“啊，不过好像有个问题。”

可弼一直在智友旁边默默看着她，没有说话。听到智友有些失落的声音，可弼问道：“什么问题？”

“跟你没关系。”

智友用没受伤的那只脚支撑着站起来，在班里大声喊道：“同学们，你们有没有人想跟我一起组队参加头脑生存大赛？”

全班没一个人出声。

“哎哟，难怪我们班总被人说是倒数第一。”

其实除了足球比赛之外，三班的其他排名都是倒数第一。作为三班的班长，智友迫切地想挽回三班的名誉。

“智友，我陪你去。”平时就对科学非常感兴趣的太平说话了。

太平的外号是“天下太平”，他总是慢悠悠的，也不会发火，所以同学们给他取了个这样的外号。

“好啊，天下太平！果然只有你支持我。不过还是少了一个人啊……”

“金智友，别担心，不是还有我嘛。我可是崔可弼啊。”可弼非常自信地说道。

“不行！我得找别人。”

智友语气冷冷的，可弼被智友冷漠的表情吓得全身僵硬。

“还有没有人想跟我一起去参加大赛啊？再来一个人就可以了。”

智友环顾了教室一周，可还是没有人回应。

上课后，智友一直在想要不要让可弼加入进来。其实可弼是一个月前才转学过来的，不过从现在的情况来看，转学过来的人仿佛不是可弼，而是班上所有的其他同学。因为可弼不管什么事都要插一脚，所以他有个绰号叫“管闲事大魔王”。这次头脑生存大赛规定三人一组组队参加，因此团队之间的沟通与合作是非常重要的。由于可弼无论做什么事都想着自己来主导，智友觉得跟他一组的话就很难实现团队协作。

“喂，金智友。”

智友正要出校门，这时有人在背后叫住了她，原来是可弼。

“你就让我跟你一组呗，你不让我加入的话，我就自己组队参加了啊。”

听到他说还要再组一个队，智友笑了。她说道：“哼，你等着瞧吧！肯定没一个人愿意跟你一起去，你这个管闲事大魔王。”

可弼吓了一跳，不过他什么也没说。其实可弼虽然爱管闲事，可他的内心还是很脆弱的。除了太平之外，他就没什么朋友了。现在连同桌智友都开始数落他了，他不知道该怎么办才好。

看到可弼垂头丧气的样子，智友觉得有些于心不忍。她在纠结要不要跟他道歉。

“智友，快上车吧，今天妈妈来晚了。”

这时正好智友妈妈开车到了校门口，智友也没跟可弼打招呼就上了车。透过深色的车窗，智友看到可弼一直低着头。

智友想着是不是应该跟他道个歉，她觉得心里有些不是滋味。

第二天，智友早早就到了学校。她一到学校首先就去看可弼有没有来。她想维持自己平常的作风，赶紧给可弼道歉，让这件事告一段落。这时可弼打开门走进了教室。不过跟智友预想的不同，可弼脸上洋溢着笑容。

“那个，崔……”

智友本想叫住可弼，这时太平跟在可弼后面走了进来。

“喂，金智友。太平说要跟我一起组队去参加头脑生存大赛。”

“什么？太平要跟你去？”

智友一脸惊讶地望着太平。

“智友，要不就我们三个人一起去吧。反正你跟我也只有两个人，也没法参加。正好可弼他又这么想去……”

智友本想发火，但她忍住了。其实太平说得一点儿都没错。

智友又想到了昨天的事，她想：“也行。那就这样一笔勾销呗。与其勉强拉一个不想去的人组队，还不如和他俩组队去呢。”

“好吧，那就一起去吧。”

智友接受了太平的提议。

现在距离大赛开始还有三周的时间。

“唉，那不是崔可弼吗？”

智友透过车窗看到可弼戴着一个很奇怪的耳机坐在轮椅上。“他不会也跟我一样腿受伤了吧？”智友心想。智友一脸惊讶地从车上下来。

“崔可弼，你怎么了？怎么坐在轮椅上？”

可弼没有回答她的提问，轻轻地笑了。

“什么情况？干吗这么笑……”

“这是给你的礼物。”

可弼突然从轮椅上站了起来，他取下耳机递给了智友。

“你没受伤啊？”

“我爸拿了两副轮椅回家，所以我就找他借了一个。”

“我不需要。”智友冷冷地说道。她很不高兴，好像自己因为腿受伤被人同情了。

“我不是为了帮你才借的。我们在参加头脑生存大赛之前不是得先练习一下嘛，所以我才找我爸借了一个。”

“那你自己坐不就行了。”

“你不是腿受伤了嘛，你来坐能更准确地体验它的效果呀。”

听可弼说完，智友知道自己说不过他，就坐上了轮椅。

“行，那我就坐到拆石膏吧。”

“我也只能借这么久。”

可弼虽然嘴上很倔，不过心里可是乐开了花。

“你爸爸是做轮椅的吗？”智友盯着轮椅看了很久，问道。

“这个嘛……也可以这么说。”

“不过我们为什么要试坐这个啊？”

可弼没有直接回答，只是捣鼓了一下耳机，摁了几个耳机上的按钮，接着把耳机戴到了智友头上。

“好了，你现在用脑子想着‘我要轮椅往前走’。”

“用手推不就行了吗，为什么还要用想的？”

“你先试试看。”

智友按照可弼说的，想着让轮椅往前走。神奇的是，轮椅居然真的往前走了。

“咦？这个真的好神奇啊！”

智友的运动神经本来就很好，很快她就掌握了轮椅的使用方法。接着她开始用意念控制着轮椅，一路回到了教室。可弼拿着智友的拐杖跟在她身后。

智友坐着轮椅进了教室。冰美一看到她这样，就非常担心地问她：“智友，你又受伤了吗？”

“没有，就是……”

“医生说如果想快点儿恢复的话，脚部就不能太用力。”

在智友犹豫不决的时候，可弼帮她回答了冰美的问题。

不知道为什么，可弼这次居然没有很得意地向大家炫耀这个轮椅。智友满脸惊讶地盯着可弼。不过多亏了可弼的回答，智友不用再跟同学们解释轮椅的事了。

三周过去了，智友的石膏也终于可以拆掉了。这时距离大赛开始也没剩几天了。

神经工程学到底是什么？

脑科学与神经工程学有什么不同？

脑科学与神经工程学其实没有很大的差别。神经工程学是基于脑科学而发展出来的一门学科。打个比方，我们知道苹果属于水果这个大范畴，同理，神经工程学也属于脑科学这一大范畴。想要了解神经工程学就得先了解脑科学。

从字面意思来看，脑科学是一门用科学方法解开人类大脑中存在的谜题，深入研究人的行动、想法的学科。脑科学可以被广泛应用于各个领域，随着我们解开的与大脑相关的秘密越来越多，未来我们的生活也会变得越来越便利。因此，最近开始关注脑科学的人也越来越多。尤其是在美国、日本、欧洲等地，脑科学也越来越发达。

脑科学是一门基础研究学科，主要研究脑部神经系统的结构与作用，以及大脑各部分的功能。心理学和脑科学虽然均为“探究人类内心活动”的学科，但心理学是通过人类的行动来探究其内心的本质，而脑科学认为人内心的想法是在大脑中形成的，是一门通过大脑的功能原理来理解内心活动的学科。我们也可以通过脑科学的研究结果，得到一些与“人类是什么样的一种存在”这一哲学问题相关的线索。

与之相反，神经工程学是一门应用学科，在脑科学家发现脑部神经系统相关的事实后，神经工程学家会基于这些结果研发出针对患者的治疗方法，又或是研发出其他的神经工程技术。现在有很多因为脑部神经系统出现问题，而患上抑郁症、孤独症等精神性疾病的患者，也有很多患痴呆症、卒中等神经性疾病的患者，针对这些患者研发出相应的诊疗技术就是神经工程学家最重要的工作之一。另外神经工程学家还可以拍摄脑部活动影像，利用读取心声的技术，向机器或机器人传达我们的想法。此外，他们还可以在我们的大脑里安装电子设备，帮助我们的大脑发挥更出色的能力。

第2章

头脑生存大赛

终于到了10月10日，头脑生存大赛要开始了。韩国大学操场上站满了来参加比赛的学生和学生家长。智友、可粥和太平也在智友爸爸的陪同下走向了操场。

“天哪！这些人都是来参赛的吗？”

可粥看到排得长长的队伍吓了一跳。

“人真的好多啊！这得有1000多人了吧。”

智友也很惊讶，一直张着嘴。

“我去帮你们登记，你们坐在那边的长椅上等我吧。”

智友爸爸话音一落，智友就飞快地跑到了长椅边上。

可这时旁边来了一个蓝头发的男生，他推了智友一把。

“让开，这是我们的位置。”

“你说什么？是我先来的。”

智友没有要让步的意思，蓝头发的男生也丝毫不退让。

“你觉得这样蛮不讲理就能得逞吗？看来不治治你们不行了。”智友挽起袖子说道。

这时两个分别染着红头发和黄头发的男生，突然从蓝头发男生的后面和右边跳了出来，嘴上喊着：“是我们先来的。”“是我们先来的。”

“你、你们到底是……”

智友还以为蓝头发的男生用了分身术呢，眼前的三个男生长得一模一样。

“怎么了？”可弼和太平跑过来问智友。

“他们说长椅是他们占的位置，明明是我先过来坐的。”智友狠狠地盯着三胞胎说道。

“你看这个。”蓝头发的男生指着长椅说。

“这又是什么？”可弼瞪大眼睛说道。

长椅上贴着红、黄、蓝三张贴纸，不知道三胞胎什么时候贴上去的。

“喂，你们也太不讲理了吧。不就是贴了三张跟你们头发颜色相同的贴纸吗？这也太牵强了吧。”智友大声反驳道，脖子上都露出了青筋。

“哎哟，你还挺会说啊。不过没关系，反正你们明天就会打包行李回家了。”站在左边的红头发男生不屑地说道。

“什、什么？你们真是……”

这时智友爸爸慌忙拿着登记证和名牌从远处跑了过来。

“怎么了，出什么事了？”

“爸爸，他们抢了我们的位置，还在这儿跟我们扯来扯去的。”智友一脸委屈地向爸爸抱怨。

爸爸安慰了智友后，还是让她把座位让给别人。智友没办法，只能换到了别的位置。不过她还是没消气，嘴里一直嘟囔着。

“大家好！我是这次大赛的主持人崔秀载，也是一名神经工程学教授。首先非常感谢各位对本次头脑生存大赛的支持与关注。大家都知道 20 世纪著名的科学家爱因斯坦吧？相信在场的各位参赛者中也有人能成为像他一样聪明的科学家。希望各位能够发挥出自己的全部实力，取得一个好成绩。

“本次大赛共有 400 支队伍参赛，大赛从今天开始，赛程共计 3 天。今天的日程主要是召开说明会及分配宿舍，正式的比赛从明天开始。

“在每一轮游戏中生存下来的队伍才有机会挑战下一轮的游戏，我们会计算每一支队伍在每一轮游戏得分的总和，最终总分最高的一队获胜。谢谢。”

崔秀载博士讲完后，接着主办方召开了简短的说明

头脑
生
赛
脑科学

会。说明会结束后，大赛工作人员送走了学生家长，开始给参赛者分配宿舍。智友这一队的宿舍是B栋3407室。宿舍比想象的要宽敞，三个人整理好行李后陆续聚集到了客厅。大家都在想接下来的两天会有些什么游戏，又担心又期待。

“不过我们应该先看看这个，才能知道明天会玩什么游戏吧。”太平拿起桌子上的参赛指南说道。

“对，要是不看这个，明天可能一上场就被淘汰了。”智友长舒了一口气回答道。

太平拿起参赛指南给智友和可弼一人发了一本。

参赛指南的封面上写着“游戏1”，里面解释了明天要玩什么游戏。三个人认真读起了参赛指南。不能对任何一个游戏掉以轻心，否则就会被淘汰。尤其是明天的三轮游戏是淘汰赛，一个不小心就可能在第一个游戏中被淘汰了。

第二天，智友、可弼和太平吃完早饭后往大礼堂走去。这时已经有很多队伍到场开始准备了。

“喂，你们收拾好行李了吗？”昨天的那个蓝头发男生从他们身边经过，挖苦道。

“这个人真的……”

太平拦住了想冲上去理论的智友。

“智友，别管他。跟这种人理论，到最后吃亏的只有我们自己。”

这时，智友身后传来其他参赛者的议论声。

“咦？那不是三风兄弟吗？”

“就是今年拿走了全国各个科学大赛第一名的那个三胞胎吗？”

“对，上个月《青少年科学》杂志封面还放了一张他们的照片呢，那照片特别大。据说这次大赛他们很有可能又拿第一。”

“那我们岂不是来陪跑的？”

智友、可弼和太平一下子就泄气了。

这时广播里开始播放通知，叫到号的队伍依次走向不同的房间。智友他们这

队的编号是 301，根据通知他们进了 51 号房间。每个房间里有四支队伍，每两支队伍进行对决。每队决定好三名队员的参赛顺序，依次跟另一对的队员进行比赛，率先赢得两次比赛的队伍获胜。智友他们这组要跟 302 队比拼。

“接下来我们先开始第一个游戏，‘移动小球’。请各队分别派出一名队员。”

可弼第一个站了出来。因为可弼和智友之前试坐过人工智能轮椅，所以他俩先参战，太平则最后一个出战。可弼戴上脑电波耳机，坐在了屏幕前。这个游戏就是要利用神经细胞之间传递的电子信号即脑电波，将屏幕左侧的十个球移动到屏幕右侧，先将十个球移到屏幕右侧的人获胜。这个游戏的关键在于集中精力，要使自己的脑电波与游戏所需要的命令达成一致。

裁判给出了开始信号。可弼摁下识别按钮，画面左侧就出现了一张脑部图片，沿着脑部轮廓的边缘共标有 40 个点。现在屏幕的左右两边分别有两个球，在游戏正式开始前，队员可以先练习。可弼开始想“让左边的球飘起来”，40 个点中有几个位置的点亮起了灯。可弼接着想“把飘起来的球移到右边”，另外又有几个点亮起了灯。可粥重复着这一步骤，让游戏所需的命令与自己的脑电波达成一致，接着他摁下了“完成”按钮。对方队员到现在都还没弄清楚该怎么办，一脸迷茫。

可粥正式开始了游戏。不过正式比赛比练习要难得多，他的注意力越来越分散。当他想移动一个球的时候，突然想到了其他的球，这时正在移动的那个球就掉了下来。可粥平时性格就很散漫，喜欢多管闲事。对于他这样一个“管闲事大魔王”来说，要集中注意力是很难的。一开始可粥试了三四次都失败了，到了第五次，他终于稀里糊涂地成功把球移到了右边。通过这次尝试，可粥好像悟到了要领，接着很快就把剩下的球都移过去了。他按下了完成按钮，这时画面上出现了所花的时间。

03:43。

“哇，可粥真棒！”智友开心地鼓起了掌。

对方队员还在把球拿起又放下，一直重复着这个动作，一个球都还没移好。

“比赛结束！崔可粥获胜。”

第一轮比赛结束，可粥和对方的队员回到了自己的座位。

“接下来，请第二位队员出场。”

“金智友，加油！”

可弼和太平为智友加油。虽说可弼赢下了第一轮比赛，给他们这队减轻了很多负担，不过智友还是有些紧张，她甚至能听到自己的心跳声。智友戴上了脑电波耳机，坐到了屏幕前，一直在深呼吸。

这时钟声响了，第二轮比赛正式开始。尽管很紧张，智友还是快速完成了脑电波的识别，甚至比可弼还要快。不过对方队员也很快结束了识别。智友表情很严肃，她的球一直不往前走，只是在重复着上升、降落的动作。而对方队员却轻松完成了移动十个球的任务。第二轮比赛以智友失败告终。目前的比分是两队各赢了一轮，最终的胜负就取决于最后一个队员的比赛结果了。

“太平，加油！一定要赢！”

可弼和智友以近乎恳求的声音为太平加油。

“崔高峰，加油！”

对方队伍也在为参加比赛的队友加油。这个叫崔高峰的对方队员眨眼间就完成了识别。对方采取的策略和智友他们的策略完全相反，他们把最厉害的队员安排在了最后。

崔高峰都已经移好三个球了，太平才完成识别。比赛的结果已经很明显了。对方队员崔高峰到现在都没有出现过失误，对方队伍已经确信他们赢定了。可是太平却依旧很淡定，他没有紧张，默默地按照自己的节奏做着动作。看到他这样，大家都觉得很神奇。与之相反，智友和可弼却很着急。智友觉得心里很不是滋味，转过头去，不再盯着太平看。可弼则一直在关注着崔高峰的记录。

“怎么可能！”

突然对方队伍的其他队员开始大喊，智友好奇地转过身，看了一眼太平的屏幕。

“天哪，怎么可能！”

只见太平屏幕里的十个球正在一次性往右边移动。当崔高峰移到第八个球的时候，太平一下就把十个球全部移过来了。太平轻轻按下了结束按钮。

“比赛结束！ 301 队获胜。”

因为太平的惊人表现，智友他们战胜了 302 队，顺利通过了第一场比赛。

“太平，到底是怎么回事啊？明明我们一次只能移动一个球，你难道施了什么魔法吗？”可弼难以置信地问道。

“我就是随便试了下，没想到成功了。”

“怎么会这么简单？我们都不行，只有你可以。”智友用质问的语气问道。

“我在和电脑识别的时候，没有跟它约定一次只动一个球，而是约好了动两个球。”

“这个我也试过，不过电脑的程序好像写死了，不能一次性移动两个球。”

可弼平常就对电脑很熟，他双手拿着两枚硬币比画着说道。

“是的，一次只能给一个球下命令，所以我也只是移动了一个球。”

智友和可弼听完后更是一头雾水。

“何太平，照你这么说就更奇怪了，球是什么磁铁吗？还能贴到别的球上去？”

“答对了！我给1号球下的命令是往右走，给2号球下的命令是跟着1号球走，给3号球下的命令是跟着2号球走……”

“所以你在识别的时候，就是让除了1号球之外的其

崔高峰 对战 何太平
6 4
10 0
加油！
崔高峰真厉害！
太平！你在干什么！
啊，不要，不要。
……
天！怎么回事？
8
0 10

他球都跟着自己前面的球走。”

“对。”

可粥这下才理解了太平的意思，点了点头。

“所以你识别的时候，花的时间才比其他队员都长。”

智友说完后，太平回了她一个微笑。

第一场比赛结束后，一半的参赛者都收拾行李准备走了。现在只有 200 支队伍有机会进入第二场比赛。第二场比赛是三名队员同时进行比拼，队员之间需要用脑电波来传球。这次的比赛还是在两个队伍之间进行，在规定时间内传球次数更多的队伍胜利通关。

不过本来要和智友他们进行比赛的 17 号队突然宣布弃权了。智友他们不战而胜，直接进入了第三场比赛。不过为了决定第三场比赛的比赛顺序，智友他们还是完成了比赛。不知道是不是因为很放松，他们的成绩也很不错。

“哇，我们队排第 17 名。”可粥开心地大叫起来。

“唉，你们看！”这时，太平指着排名表最顶端说道。

“这场比赛三风兄弟又是第一，不过他们这个成绩是真的吗？”

智友看了一眼三风兄弟的传球次数，她以为自己看错了，揉了揉眼睛又仔细看了一次。

“居然传了300次，怎么可能！那不是一秒钟就得传一次？”可弼激动地说道。

紧跟在三风兄弟之后的第二名也只传了57次。

“喂，你们好啊。你们几个还没回家？”三风兄弟慢悠悠地从旁边经过。

“红头发，有你这么说话的吗？”智友气鼓鼓地回了他一嘴。

“我不叫红头发，我叫疾风。”

“我叫台风。”

“我叫狂风。”

蓝头发和黄头发也跟着大喊。

“啊哈，所以才说你们是三风兄弟啊。有你们三个风在，你们家岂不是夏天都不用开风扇了。”智友冷嘲热讽地说道。

“你这是在嘲笑我们吗？就这水平还敢嘲笑我们，你还不如说不用开空调呢，起码听起来高大上一些。”

“红头发，你说够了吗?！”

“你耳朵聋了吗？我说了我叫疾风。”

“真让人头疼。”

“你头疼可别赖我啊，虽然我是疾风，可我没吹你头上啊。”

三风兄弟冷嘲热讽地说完就走了，智友被他们气得不

行。可弼和太平也很无语，两个人呆呆地站在原地。

“这帮臭小子，我一定要报仇。”

智友紧握双拳，气得全身都在颤抖。

电影里的神经工程学

电影里也会用到神经工程学吗？

是的。在以未来科学为主题的电影中经常会出现脑科学或神经工程学相关的场景。这也意味着人们相信神经工程学在未来将发挥很大的作用。涉及神经工程学的电影很多，接下来我就给大家介绍两部最具代表性的电影。

《黑客帝国》于1999年在美国上映，代表着未来科学电影的开端。对大多数看过这部电影的人来说，印象最深刻的场面就是主人公躲开子弹的场景。虽然在现实中这是不可能的，不过在《黑客帝国》这个虚拟世界里，只要你脑子够快，就能感受到子弹的路径，从而躲开它。《黑客帝国》里最重要的虚拟世界“矩阵”就是神经工程学的产物。电影

里人们的大脑与超级电脑连接在一起，这让他们错把“矩阵”这一虚拟世界认为是现实世界，但其实他们一直生活在“矩阵”里。

“阿凡达”是指人类在虚拟世界的分身。电影《阿凡达》的世界里融入了神经工程学、宇宙学以及地球上现有的事物。在打造这个世界的过程中，最重要的一项技术就是神经工程学技术。电影中主人公杰克通过专门的连接设备，仅靠意念就能远程控制自己的阿凡达，而这个连接设备就是使用神经工程技术打造出来的。因为有了这个设备，在现实世界中无论去哪儿都得坐轮椅的杰克可以让自己的意识进入阿凡达体内，通过阿凡达实现再次用双腿走路的梦。

脑科学

第3章

最有力的夺冠人选三风兄弟

今天还剩下最后一场比赛。通过了第二关的 100 支队伍再次聚集到了大礼堂。崔秀载博士手持话筒再次出场，向参赛者们介绍接下来的比赛。

“首先祝贺各位顺利通关。今天的最后一场比赛也是跟球有关的，一共有三种球，分别是虚拟足球、虚拟篮球、虚拟棒球。因为每一种球的参赛队伍数量是提前确定好的，所以在第二场比赛中成绩排名靠前的队伍有优先选择权。接下来大家有 5 分钟的商议时间，商量好后请大家按照想参加的顺序排序写好上交。”

崔博士的话音刚落，大礼堂里就响起了讨论的声音。大部分队伍都在考虑哪种球类运动对自己更有利，不过也有不少队伍在猜测三风兄弟会选哪种球。

“我们最适合哪种球类运动呢？”可弼第一个开口询问其他两个人的意见。

“我觉得足球最好，毕竟我们常踢足球，而且和其他球类相比，足球的规则也更简单。”

“我的想法和智友一样。”太平随声附和道。

“好，那我们第一个就写足球。”

可弼在第一个空栏里填上了“虚拟足球”。

“第二个填什么呢？”

“篮球怎么样？篮球比棒球简单。”

智友说完后，太平又点了点头。可弼就按照两人的意见在第二个空栏里填上了“虚拟篮球”，最后一个自然就是“虚拟棒球”了。

“不过崔博士看上去长得跟你有点儿像啊。早上的时候离得远还没看清脸，现在近距离一看真的跟你挺像的。”智友拍了拍可弼的肩膀，逗他道。

“是、是吗？那我真是三生有幸了。”可弼挠着头回答道。

5分钟过去了，工作人员让各队派一个代表出来把填好球类顺序的塑料板放进投票口，塑料板投进去后，里面就有一个扫描仪把写好的内容读出来。最后一支队伍的代表投完后，大屏幕上出现了最终的比赛对阵表。

大家都避之唯恐不及的三风兄弟选择了虚拟足球。其他选择虚拟篮球和虚拟棒球的队伍松了一口气。智友他们队虽然也被分到了虚拟足球这组，不过幸好他们的对手不是三风兄弟，要和三风兄弟比拼的是99号队伍。现在坐在智友他们旁边的这队就是99号队。他们三个人垂头丧气，无精打采。

“啧啧啧，估计他们也要马上打包行李走人了。”可弼咂舌道。

智友他们一走进比赛场地就开始制订战略。他们的对手是400号队，对方也聚在一起商量战略。可弼本来在偷瞄对手，突然发现他们对面坐着红黄蓝三兄弟，吓了一跳。

看到可弼的反应，智友和太平也抬起了头。要和三风兄弟比赛的99号队伍这才看到了自己的位置，往这边走

了过来。他们脸上黯淡无光。其实，他们在之前的两场比赛中一直都是第二名，就是没想到这么快就会遇上这么强的对手，要和传说中的冠军队伍进行比赛。

“由于这场比赛的关键在于团队协作能力，所以你们可以提前练习 10 分钟，在这 10 分钟里你们可以和电脑一起练习，制订战略。”

工作人员话音一落，大家就立马跑到了电脑前。在之前的两场比赛中，大家掌握了脑电波和命令语的识别方法，能够熟练地移动球的位置，这次的比赛相对来说还是很简单的。最难的一点是射门，要调节到一个合适的射门力度比预想的要难。不过和电脑对战练习的难度不是很高，智友他们的比分是 5 比 0，轻而易举就赢了。400 号队伍也以 3 比 0 的成绩赢过了电脑。三风兄弟则以 35 比 0 的成绩取得了压倒性的胜利。不过 99 号队伍却以 0 比 2 的比分输给了电脑。很难理解他们为什么会拿到这样的成绩，这有些不合常理。

“看来 99 号队伍真的失去斗志了，居然连电脑都打不过。”智友盯着 99 号队伍的屏幕说道。

“这种队伍才是最可怕的，先隐藏自己的实力，到了正式比赛的时候才发挥出来。”

“怎么可能！崔可弼，你这个想象力才是真的可怕。”一直在旁边默默听两人说话的太平哧哧地笑了。

这时工作人员通知比赛开始了。

“接下来马上进入正式游戏环节，第一个项目是任意球。”

任意球是指在没有守门员的情况下，所有队员在罚球区内随意踢球的一种规则。不过，如果在罚球区内有一个人充当守门员的角色，那其他人就不能再当守门员了。

先是智友负责发球。发完球后，智友他们队先开始了攻击。可弼接过智友传来的球，往右侧带球，冲进了对方的阵营。这时对方的两名队员同时过来防守可弼。

“机会来了！”

可弼向智友发送信号，表示正按照计划进行。智友提前站到了可弼对面的左侧罚球区。确认好智友的位置后，可弼准确地把球传给了智友。智友接过传过来的球，轻轻松松就把球射进了对方球门。

进球！

这时屏幕上出现了“进球”两个大字。比赛一开始就拿到了一分，智友他们队士气高涨。与之相反，对方队伍却非常惊慌。

智友这时心里非常从容，她还看了一眼三风兄弟和 99 号队伍的情况。他们那边很安静，好像两边都还没得分。99 号队伍里坐在中间的那个队员脚一直在点地，腿也一直在抖。

“他太紧张了。”

智友觉得 99 号队伍的队员们有些可怜。

比赛继续。智友和可弼的攻击近乎完美。虽然射门并

301
400
301
400
进球

不是很快，但是角度瞄得特别准，所以对方没有拦住。有时对方也会攻击智友他们队，不过在智友的拦截和太平的严密防守下，每次都被挡住了。在智友和可弼接二连三的射门攻击下，对方队员束手无策，只能拱手让出比分。在仅有 10 分钟的比赛中，智友他们以 12 比 0 的比分轻松打败了 400 号队。

“金智友，你真棒。”可弼看着智友称赞道。

“我倒是觉得你挺厉害的呢。”

“是、是吗？”可弼有些不好意思地挠了挠头。

“哇，我们赢啦，万岁！”

接着其他队伍里也传来了欢呼声。不过这时，智友他们却听到了一个很意外的消息。99 号队伍打败了三风兄弟。之前练习的时候三风兄弟的成绩可厉害了，怎么会出来这样一个结果呢？智友他们觉得很不可思议。

“我说对了吧，他们这种队伍真的很可怕的。”可弼得意扬扬地说道。

“看来你说的没错。”

智友到现在都觉得 99 号队伍能胜出非常不可思议。不过三风兄弟一直在跟工作人员表达不满，他们坚持比赛

怎么会这样？
这次不算重新比一次！
STAFF

过程中出了问题。不过裁判认为整场比赛过程中没有任何异常，他给出的结论是 99 号队伍以 1 比 0 赢得了比赛。这就意味着传说中最有希望获胜的三风兄弟被淘汰了。

“之前还得意得不行，这下输了吧，真是痛快。”智友朝三风兄弟那边吐着舌头说道。

“管你是三风还是山崩，赶紧收拾东西走吧，我们还得再待一会儿。”可弼也开始火上浇油，对三风兄弟冷嘲热讽地说道。

三风兄弟满脸委屈，看上去很窝火。智友他们哼着歌走出了赛场。不过智友还是觉得三风兄弟输了这件事让人难以置信。

“话说刚刚 99 号队那个坐在中间的队员好像有点儿奇怪，他的腿一直在抖动。”

“金智友，你可别冤枉好人。裁判不是也说了确实是 99 号队赢了嘛。”

“你这个管闲事大魔王就别瞎搅和了。”

“你真的是……”

可弼听到“管闲事大魔王”这个词有些生气。

“其实我也看到了他们队有些奇怪……”太平小心翼

翼地说道。

“你看到什么了？”

听到太平这么说，智友和可弼竖起了耳朵。

“就在可弼射进最后一个球的时候，我转头看了看，99 号队椅子下面好像起过几次小火花。”

“是吗？怎么会有火花呢？”智友眨着眼睛问道。

“会不会你俩看到的东西之间有什么联系？”

被可弼这么一问，智友和太平察觉到了这里面有猫腻。

“哦？那不是 99 号队吗？”

别的队伍听到消息后纷纷围到了 99 号队旁边。大家都称赞他们很厉害，为他们欢呼。99 号队的队员在其他人的簇拥下走了过来。而另一边三风兄弟则耷拉着脑袋，悄悄地走出了人群。99 号队在欢迎队伍的簇拥下走向了食堂。

“那是什么？”

99 号队队员经过后，地上好像掉下了什么东西。可弼一口气跑过去，捡起了掉在地上的东西。

“咦？这不是点火用的吗？”

可弼从地上捡起的东西是点火装置里的主零件。

“就是那种用来点火的，还会发出咔嗒咔嗒声的零件。”

智友用手做出了用打火机点火的姿势。

“嗯。打火机里面就有这种零件，不过有点儿奇怪啊。”

“怎么奇怪了？”

“这里没有可以摁的开关，一般都会有摁一下就闪火花的开关。”

“会不会之前是连在这上面的？”

智友拿起了那个零件上连着的短线。

“好像是的，在这上面连上别的线，形成一个开关就可以。”

三个人差不多同时猜到了发生了什么事。

“这个是不是得告诉大赛主办方啊？”

“是的，智友。我们得快点儿。太平，你也一起去……”

“还有这个。”

这时太平在地上又捡到了一根细长的电线。

“是不是就是连在这根线上的啊？”

可弼试着把长线连到了零件的短线上，切口正好吻合。

智友一行三人赶忙跑去主办方办公室。

崔秀载博士听他们说完来龙去脉后，陷入了沉思。

“你们跟我一起去虚拟足球的比赛现场看看。”

智友他们跟着崔博士回到了赛场。这时保洁员已经清理过赛场了，现场找不到其他证据。

崔博士打开了比赛时 99 号队用的那台电脑，让智友他们打开了三风兄弟用的那台电脑，还让他们和电脑玩了一场虚拟足球。

“这样是没问题的。”

“现在应该是没问题的。那我现在在我这边弄出火花来，你们再试一下。”

“好。”

在智友准备射门的时候，崔博士弄出了火花。

“咦？为什么球不往前走，反而掉下来了呢？”

智友的球突然停了下来，无法发起任何攻击。

“这次你试试拦住我的射门。”

崔博士做出射门的动作后马上弄出了火花。太平本想去防守的，可这时屏幕里代表他的人物却在原地踏步。这时崔博士射出的球就进了。崔博士在 99 号队员用过的电脑里找到了他们练习时候的文件。他打开存档的文件，画面里出现了好几次刚刚智友他们经历过的状况。

“当时就是坐在中间的那个队员弄的火花，每次火花闪起的时候，三风兄弟就没法攻击或防守。”

可弼非常有逻辑地分析了起来。

“应该八九不离十，就是这样了。”崔博士附和道。

“接下来就要让 99 号队的队员们自己承认了。”智友激动地大声喊着。

不过太平却一脸严肃地问："99 号队的队员们会乖乖承认吗？"

"嗯，应该不会。"

"那该怎么办呢？"

"我有一个好办法。"

崔博士把 99 号队的练习文件和他们跟三风兄弟比赛的文件导成了视频另存了起来。接着他把 99 号队的队员们叫到了 MRI 室，他还让智友他们在旁边见证整个过程。

崔博士简单地把事情的来龙去脉给 99 号队的队员又说明了一遍。跟预想的一样，他们极力否认，坚持说自己没有作弊。无奈之下，崔博士决定用 fMRI 来帮忙。

"fMRI 是一种可以拍摄脑部活动的设备，你们有没有听说过'海马旁回'这个词？"

"是在海马体附近的吗？"

可弼又是第一个搭话的。

"是的，当我们再次看到之前曾经看到过的东西的时候，海马旁回会做出某种特别的反应。接下来，我们就用这台设备来观测下海马旁回的反应吧。"

这时 99 号队的队员们终于露出了紧张的表情。

“接下来我会给你们播放视频，如果是之前看过的视频你们就双手比圆圈，如果是第一次见的视频就双手比叉。怎么样，很简单吧？”

“嗯。”他们三个人有气无力地回答道。

“这个实验不需要你们每个人都做，只要选一个代表出来做就行。谁来？”

99 号队的队员们陷入了纠结。

“这样吧，那就选站在最前面的周勇吧，怎么样？”

崔博士叫了一个男生的名字，其实他知道周勇就是那个在中间弄出火花的队员。

“我、我吗？”

“怎么，你不想做吗？那换别人？”

“不用。”

“那好，那你就上来吧。”

周勇紧张地坐到了 fMRI 机的椅子上。

“第一次难免会紧张的，没关系，你只要照实比画就行。”

“好的。”

“那我开始播第一个视频了。”

崔博士拿出了一个小显示器，把他们和三风兄弟比赛的场景播给他们看。这时，周勇脑部活动的影像画面显示海马旁回区域变成了红色。

“这是和三风兄弟比赛时的场景。”

“是的，大脑成像也显示出这是之前看过的视频。”

“接下来放第二段视频。”

崔博士接着放出了 99 号队队员们练习的视频。

“这、这是我们队练习时的场景。”

看到这个视频，周勇显得更紧张了。应该是想起了他们自己在练习的时候弄出火花的场景了。

“是的，大脑成像也显示这是之前看到过的画面。”

99号队的其他两名队员脸色也暗淡了下来。

“接下来是第三个视频。”

崔博士播放了一个芬兰雪景的视频，这时周勇的海马旁回从红色变成了蓝色。

“这个视频我之前没看过。”

“是的，大脑成像也显示你之前没看到过这个视频。现在就剩最后一个场景了。”

崔博士把智友他们捡回来的点火零件拿出来给周勇看，周勇没有说话。

“你之前见过这个吗？”

周勇的海马旁回区域又变成了红色。99号队的其他两个队员脸也涨得通红。

“周勇，你告诉我，你是不是之前见过这个东西？”

“大脑成像是怎么显示的呢？”周勇反问道。

“现在反正都做完了，你自己过来看吧。”

周勇看到了自己的大脑成像后，一下子瘫坐在椅子上。

“对、对不起，崔博士。”

剩下的两名队员也承认了错误。

崔博士轻轻地抱住他们，安慰他们说："还是谢谢你们能诚实地告诉我，其实这个大脑成像也不是百分之百准确的，我只是在等你们告诉我实话。"

这时已经很晚了，不过三风兄弟和 99 号队伍还是重新进行了比赛。这场比赛的目的不是为了决定谁胜谁负，而是为了给三风兄弟一个成绩，这样进入下一关才能有排名。不出所料，三风兄弟以 28 比 0 的比分轻而易举地赢了 99 号队。

三风兄弟开心得欢呼了起来。

"喂，你们现在还能待在这儿，可都是多亏了我们。"智友朝三风兄弟说道。

"这个嘛，也不能这么说吧，反正这件事的真相总是会公开的，不过还是辛苦你们了。"

台风拍了拍智友的肩膀。

"怎么会有这种人啊？"

可弼好像也生气了，他冲到了台风面前。

"喂，你这是想干吗呢，真是个土包子！我们可比你们高贵多了。”

台风这么一说，可粥和智友气得都不想说话了。

“走吧！”

三风兄弟说完就头也不回地走了。

与测谎仪有关的知识！

我们能相信测谎仪的结果吗？

早期的测谎仪中，最具代表性的就是马斯顿发明的测谎仪。犯人戴上测谎仪后，因为害怕自己的谎言被拆穿，所以内心会很不安。测谎仪正是利用犯人的这一心理来发挥作用的。不过由于大部分人就算没有犯罪，只要看到警察就会很紧张，所以导致测谎仪的结果很多时候都不正确。而有些真的做了坏事的罪犯反而说谎就跟家常便饭一样，对这种人来说测谎仪根本就没用。

那岂不是会因为测谎仪的结果而冤枉好人，适得其反？

是的，所以现在才有利用大脑成像技术打造的测谎仪。在大脑成像测谎仪问世之前，警方曾尝试用“大脑指纹”来抓捕犯人。“大脑指纹”是指储存在大脑里的记忆。比如说，我们可以随便给犯罪嫌疑人念一串没有规律、没有意义的数字，念的时候在中间穿插几个特定的数字，如犯罪嫌疑人的电话号码或生日等。

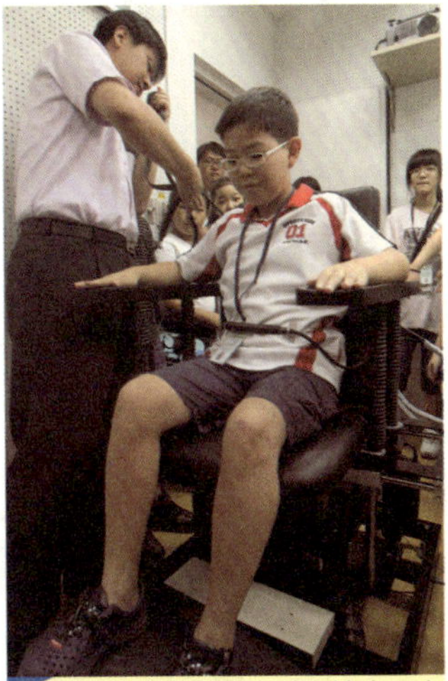

孩子们在韩国国家科学搜查研究所体验测谎仪。

大多数人在听到自己的电话号码或是生日的时候，大脑里控制记忆的区域就会被激活。这个方法是不是听起来挺可靠？不过犯罪嫌疑人的记忆有可能会与实际的事实有偏差，所以我们也不能完全相信这种方法。而且如果犯罪嫌疑人以前就被测谎仪测过的话，那这个结果就更不准确了。

因此最近，科学家们新研发出了利用 fMRI 技术测谎的方法。比如说，你去问一个嫌疑人“案发当时你在干什么？”如果他当时不在现场，那么他就会去回想当时自己在干什么，但如果他就是真的罪犯，那他势必要说谎，要说谎的话就只能激活大脑中编造故事的区域。因此只要我们能够测出一个人是在使用“记忆区域”来回答问题，还是在使用“编造故事的区域”来回答问题，立马就能知道他是不是在说谎。

第4章

惊险万分的飞行任务

第二天，参赛者们又聚集到了大礼堂。现在只剩下50支队伍了，大礼堂看上去比以前空旷了许多。

跟昨天一样，崔秀载博士开始介绍今天的比赛规则。今天的任务比昨天的难多了。第一场比赛是利用脑电波信号来操控汽车、船和航空器。第二场比赛是利用上述的三种交通工具走出迷宫，先走出迷宫的队伍获胜。所有的游戏仍然是在虚拟世界中完成。

“今天好像更紧张了，胜败都取决于今天的得分了。”

智友说完叹了一口气。

“别担心，你也可以这么想，如果我们今天取得了好成绩，就有可能拿冠军。这次有可能是我们打败三风兄弟的绝好机会。加油，智友。”太平安慰智友。

“我也觉得这场比赛比之前的两场好多了。我平时玩了很多3D游戏，尤其是操纵汽车和航空器的游戏，我玩得可好了。”可弼自信满满地说道。

“好，那我们就好好玩一把。”

智友把手伸了出来，三个人大喊着给自己加油。

这次比赛的场地选在了未来科学馆的影像中心，那里有13个虚拟世界的房间。智友他们被分到了第四个房间。等到他们进去的时候，有好几个队的队员已经穿戴好设备坐下来了，正准备进行简单的测试。

“好的，接下来是练习时间。正式比赛从10点开始，12点结束，共计两个小时，按照先来后到的顺序进行比赛。”

可弼立马坐下来戴上了眼镜，眼镜的名字为“3DMB”，它可以在虚拟世界中识别队员们的脑电波，让队员们参与到游戏中。队员们还可以通过它和其他人交流。因此眼镜是一个非常重要的装备。

可弼一打开电源，眼前就出现了 3D 视频。

“哇，这个好酷！你们也快点儿戴上试试。”

可弼赶紧往眼镜里输入自己的脑电波。这时 3D 视频中出现了代表可弼的人物。当他集中精神下达指令后，虚拟世界里的角色开始动了起来。可弼用右手捡起了脚边的石头，用力往前扔了出去。石头扑通一声掉到了池塘里。这种感觉很真实，就跟现实世界一模一样。

可弼，是我。

这时太平的虚拟人物走到可弼身边，跟他交谈了起来。

他俩还握了手，慢慢地，两个人的动作也越来越自然，就像生活在现实世界里一样。

这时智友也走到了可弼和太平身边。

这可比 3D 游戏高级多了！

是啊，真的跟现实一模一样。

可弼不禁发出了感叹，智友也在一旁附和。

可弼，智友，我们开始准备吧。

太平开始催促他们。

智友他们给 3DMB 眼镜发送信号，下令开始练习。接着他们眼前出现了黑、蓝、粉三辆不同颜色的车。

我选粉色！

智友选了粉色高级轿车。

那我选蓝色！

可弼选了蓝色跑车。

那我就只能选黑色的了。

太平坐上了黑色吉普车。

等他们三个都上车后，画面变成了练习专用的道路，这条路长得很像德国的高速公路，远远的望不到头。

我先出发了。

可弼读完操作手册后，提高了跑车的车速，瞬间他的车就跟子弹一样飞快地往前开走了。智友跟在他后面慢慢地往前开。而太平还在仔细翻看操作手册，到现在都还没出发。

操作手册中提到了一些普通汽车没有的装置。这也使得虚拟世界的汽车有很多不一样的功能，比如车轮可以伸缩，车身装有翅膀可以瞬间提速，车身可以对半折叠，这样就可以把车停在非常狭窄的空间里。

“为什么会需要这些功能呢？”

太平试着启动了一下这三种功能。首先是车轮的伸缩功能，车轮一伸长，车身就被撑得很高。接着他又试了翅膀功能，最后试了对半折叠的功能。不过让他感到特别神奇的是，就算是把车对半折叠了，车也还能开。

太平，你在磨蹭什么呢？赶快跟上我们。

可弼驾车在笔直宽阔的道路上行驶着，开心极了。

嗯，知道了，马上来。

那你可得加把劲儿了，我们已经开了很远了。

智友也催太平快点儿。太平没有回答，而是启动了引擎，踩了油门。油门的声音很大，不知道是不是吉普车本身就是这样。

“有没有什么方法能让我快点儿跟上他们呢？”

太平把车停在路边，打开了iGPS。iGPS是仅支持3DMB虚拟现实环境的位置追踪系统。智友和可弼走的是西边的海边道路。按照他俩的路线开过去的话，要花费很多时间。这时太平突然灵光一闪，不一定非要走大路吧，直接从路与路之间穿过的话，不仅能追上智友和可弼，还能早点儿到达目的地。太平想到了操作手册里提到的那些装置。

“对啊，可以这样！”

太平猛地提速，把速度提到最快。在笔直的道路走到尽头的时候，他打开了车身上安装的翅膀。

“嗬！”太平驾驶的吉普车飞上了天空，他大声呼喊着。

当车快要到达北边的道路上时，太平把车轮伸长，如同飞机降落时的场景一样。吉普车慢慢地降落在道路上，接着又以飞快的速度往前开。智友和可弼也看到了这一幕，两个人惊讶得合不拢嘴。

三个人陆续到达了目的地，智友和可弼一下车就开始夸太平，说他的方法真的很厉害。

“你这车开得太帅了。”

智友脱下了 3DMB 眼镜，朝太平竖起了个大拇指。

“开车真的挺好玩的，接下来就是开船了吧？我得喝点儿水。”

太平也脱下了 3DMB 眼镜，从包里拿出了一瓶水。

“对了，开船的项目好像是三个人一条船，只需要一个人开船就行，那剩下的两个人要干什么呢？”可弼看着操作手册说道。

“以防万一，我们还是每个人都学一学怎么开船吧。”

“嗯，太平说得对，那我们就三个人轮流开船吧。”

智友戴上了3DMB眼镜，接着可弼和太平也戴上了3DMB眼镜。这时呈现在他们眼前的是一片祖母绿色的海洋。

这个船不是有发动机吗？为什么还要给我们每个人一双桨啊？

智友抓着方向盘晃来晃去，好像自己就是这艘船的船长一样。

有可能是放错了吧。

有可能。那我们就开始乘风破浪吧。

智友他们三个人轮流向船发送脑电波，接着船这边确认已收到指令。

他们乘坐的船是一艘大小适中的快艇，由他们来开正合适。这次他们练习的场景是一个大湖。风平浪静的湖面，如同睡着了一般平静。智友下了命令后，快艇开始缓缓向前移动。走着走着，速度越来越快，时速已经超过了20千米。快艇一直笔直地往前走，这时智友试着往右转动方向盘。可这时快艇却没有往右转，而是开始画圈。

看来水里没有陆地那样好掌握方向。

智友又把方向盘往左打回，只见快艇又开始往左画圈。智友又摆弄了很久方向盘，还试着加了速。没过多久，智友好像摸清了套路，把方向盘让给了可弼。智友操控的时候出问题的点，可弼都在旁边一直看着，所以他知道哪些操作会比较难，上手非常快，操控得也很好。接过方向盘不到5分钟，可弼就已经能让快艇完成360度旋转了。

太平，换你来吧。

可弼把驾驶席的座位让给了太平。太平尝试着慢慢地让船前后移动，接着分别往左右转动了几次方向，最后把速度提到了最快。快艇以超快的速度往前开着，在湖面上激起了巨大的波浪。可就在这时，船突然停了。

嗯？怎么突然停了？是不是有人打乱了我的思考。

抱歉……好像是速度太快了，搞得我不自觉地发出了停下来的信号。

可粥有些惊慌失措地对太平说道。

也就是说可粥的脑电波也和快艇连在一起吗？

好像是的，我马上断开连接。

可粥命令 3DMB 断开和快艇的驾驶连接。太平又开了一会儿，接着他给出了一个强烈的后退信号，随后快艇就停了下来。

现在是 9 点 50，离比赛开始只剩 10 分钟了，我们还得练习操控航空器。

可粥看了看手表说道。

没能在规定的时间内开始比赛的队伍有可能会被直接淘汰。智友他们赶紧调到了航空器模式。不过还好，航空器可以同时分开练习。航空器一共有三种机型，分别是螺旋桨飞机、单旋翼直升机和双旋翼纵列式直升机。

智友选择了单旋翼直升机，可粥和太平分别选择了螺旋桨飞机和双旋翼纵列式直升机。因为不知道待会儿比赛时会出来什么任务，所以他们觉得至少三种机型都会操作才更有利。

尽管都是在虚拟世界进行操作，可开飞机跟之前开车

和开船的感觉完全不一样，智友他们很紧张。从机型上来看，直升机操作起来不是很难，可是可弼选的螺旋桨飞机只要有一点点失误就会坠毁。两者的差异主要在于飞行速度和飞行方式。直升机可以一直在一个地方逗留，而螺旋桨飞机则需要维持一定的飞行速度才能一直在空中悬浮。尽管操作起来很难，可弼还是努力集中精力熟悉飞机的功能。

熟悉了如何驾驶飞机后，可弼开始思考怎样能让飞机在原地逗留。因为他觉得这样三个人才能一起移动或是并肩作战。

“如果在水平方向飞的时候停留在原地的话，飞机一定会往下坠。有没有别的方法呢？”

叮咚！

这时场内传来了工作人员的通知，练习时间结束，游戏正式开始。通知规定比赛在11、12、13号房间进行，11号房间的交通工具是汽车，12号是船，13号是航空器。每个房间里设置了5个隔间，能够让5支队伍同时进行比赛。

每支队伍按照汽车、船、航空器的顺序去每个房间完成游戏，每个房间的比赛时间为10分钟。

50支队伍同时朝各个房间走去，不过由于3个房间一次只能容纳5支队伍，所以其他的参赛者只能在外面等着。

“哇，你看那边。”可弼指着在11号房间外面等着做汽车任务的队伍说道。

“可能大家都觉得这个最容易，所以才挤在这儿等吧。那我们就先去做航空器任务吧。现在只有一个队在那边排队。”

听到智友这么说，可弼的脸瞬间就沉下来了。

“喂，崔可弼！怎么了，不行吗？”

“也不是不行，就是有一点我没有想明白。”

“什么没想明白？”

“刚刚练习飞机的时候，我没有找到能让飞机在原地停留的方法。”

可弼挠了挠头。

“你别自己钻牛角尖了，我们一起来想一想。如果要让飞机在原地逗留的话，得满足什么条件？”

太平举起右手，做成飞机的模样。可弼还是一头雾水。

“那为什么直升机能在原地逗留呢？”

“那是因为直升机上方有螺旋桨在转动啊。”智友问完问题后，可弼立马回答了她。

“你的飞机上不是也有螺旋桨吗？”

“是有，可我那个螺旋桨没有直升机的那么大，而且它是在机身前方……”

“啊，那是不是这样就行了？”

太平用手做成飞机的模样，然后把横着的“飞机”头朝上竖了起来。意思就是让可弼飞机上的螺旋桨像直升机那样在上方转动。

“啊，这样应该可以。”

智友和可弼这才终于松了一口气。正好这时 3 个房间里的队伍完成任务陆陆续续出来了。

“走吧，我们去 13 号房间。”

智友他们走进了航空器任务所在的 13 号房间。包括智友他们在内，一共有 3 支队伍进来了。

等他们坐下戴好 3DMB 后，系统马上给出了开始的信号。单旋翼直升机、双旋翼纵列式直升机和螺旋桨飞机已经做好了出发的准备。这时画面上出现了任务。

任务

完成直行、左转、右转后，

在原地停留 1 分钟。

智友和太平负责直行、左转和右转，原地停留的任务就由可弼来负责。智友和太平负责的动作之前都练习过，所以两个人 3 分钟就完成了任务。这下只要可弼完成任务就可以了。可弼命令飞机往上抬头，这时可弼的飞机由横着转向了垂直竖着的状态。

“接下来得减少螺旋桨的转动次数。”

可弼命令螺旋桨减少转动次数，可这时飞机却开始向下掉。

“不应该啊……”

可弼又加快了螺旋桨的转动速度，这时飞机不再往下掉了，可它没有停在原地，而是开始往上走。让飞机在原地停留没有可弼想象的简单。可弼重新调整呼吸，找回了平衡。时间还剩 5 分钟。可弼一直在调整力度，反复调整了好几次之后，飞机上下浮动的幅度终于变小了。

“可以了！”

可弼的飞机停在了原地，这时飞机外围出现了一个红色的圆圈，系统开始计时。只要飞机能在这个圆圈里停留 60 秒，他们就可以去挑战下一个项目了。平时觉得 60 秒一下就过去了，可现在简直是度“秒”如年。时间过去 40 秒后，可弼脑子里乱哄哄的，各种乱七八糟的想法堆积到了一起。他浑身难受，仿佛喘不过气来。如果这次不能成功的话，可弼就得重新挑战这个动作。一想到这里，可弼就不再乱想，重新集中精力操控飞机。

“恭喜您顺利通关！”

空中浮现出祝贺信息。可弼成功完成任务后，智友和太平也大声欢呼了起来。

智友他们接下来选择了 12 号房间。12 号房间前面也有 3 支队伍在排队。不过快艇任务好像开始得比较晚，第一批进去的队伍现在才结束，参赛者们一路嘀咕着走了出来。

“唉，这个真的好难啊。”

“你说有人成功吗？”

只见其他的参赛者摇了摇头，都在叹气。

“到底是有多难啊，怎么大家都在叹气？”

智友也不由得紧张了起来。

“咦？那不是三风兄弟吗？”

朝可粥手指的方向望去，可以看到红黄蓝发色的三兄弟微笑着走了出来。

“这三兄弟可真让人上火。”

“可粥，先进去再说，游戏马上就要开始了。”

太平拉着可粥往房里走。

“与其他两个项目不同，这个项目会在游戏开始前给每队两分钟时间商讨作战策略，大家可以在读取任务后和队员商量两分钟再开始比赛。”

工作人员先给大家公布任务，大部分参赛者看到任务后都觉得很茫然。

任务

在漆黑的夜晚顺利通过暗礁地带，

5 分钟内到达目的地。

“我算是知道为什么刚刚他们出来的时候都垂头丧气了。”智友自暴自弃地说道。

“先别沮丧，我们先来定一下每个人的任务吧。首先要有一个人掌控方向盘，剩下的两个人要告诉开船的人暗礁在哪里。”太平着急地说道。

这可不像他往常的性格。主要是因为这个任务真的很重要，让“天下太平”的太平都着急了。

“之前的队伍应该就是没想到好方法才失败的。”

“是的，我同意智友说的，我们要找到解决方案。”智友说完后，太平也在一旁附和道。

“不过三风兄弟怎么还笑着走出来了呢，他们是怎么解决的呢？”

“崔可弼，你忘了吗？他们可是三胞胎，肯定有心灵感应的。”

听到智友这么说，太平差点儿笑出了声。

“对啊！刚刚我们练习的时候，我不就干扰过太平的信号吗？说不定我们可以三个人同时打开脑电波信号连上快艇操控，就像心电感应一样。”

听到可弼这么说，太平也想到了之前快艇突然停下来的那一瞬间。

“好，那我们就这样试试。首先还是让智友负责开船。”

“好。”

三个人同时给 3DMB 发送了信号，接着他们进入了虚拟世界。智友抓着方向盘坐在中间，可弼在左边，太平在右边。周围什么也看不见，只能看到对方的身影。

快艇慢慢往前开，可弼和太平伸出双手确认是否有暗礁。周围一片漆黑，他们只能摸索着前进，如果摸到了暗礁就向智友发送信号，让她转换方向。不过这样慢慢用手摸索太慢了，需要一个长一点儿的工具。太平看了一眼 iGPS，按照现在的速度，他们很难在 5 分钟内到达终点。这时太平注意到了船上的桨。他拿起了一只桨，示意可弼也用桨来探路。

收到信号的可弼也拿起了桨，开始用桨来试探左侧下方是否有暗礁。快艇的前进速度明显变快了。不过要在5分钟内到达终点，这个速度还不够。

智友脑海里想着快艇前面好像有障碍，这个想法也传达到了太平和可弼的脑海里。可弼拿起桨走到快艇前方，帮忙在前面试探。这样一来前进的速度就更快了。通过这一点三个人认识到，船往左转的时候只要看左边和前面有没有暗礁，右转的时候只要看前面和右边有没有暗礁。之后三个人重新分配了任务。可弼负责在前方摸索，而太平则根据船的转向，来回试探左右两边是否有暗礁，再发送信号告诉智友。通过配合，他们只用了4分钟就到达了终点。

哇！我们成功了！

智友开心得跳了起来。可弼看到智友开心的样子不由得向她发送了“漂亮”的信号。收到信号后的智友吓了一跳。这个信号同时也传给了太平，三个人都没有说话，空气如死一般寂静。过了一会儿，智友先打开了话匣子。

“喂，崔可弼，你最后给我发的那是什么信号啊？”智友摘下3DMB眼镜说道。

“什、什么信号？”

“难道是我理解错了吗？”

智友歪着头，有些不解。

“啊，你是说最后可弼发的那个信号吗？”

听到太平这么说，可弼的脸变得像猴子屁股一样通红通红的。

“你也收到了吗？”

“嗯，可弼好像在说我们队干得漂亮吧。”

可弼这才舒了一口气，恢复了平静。

“啊，原来是这样啊，那就是我理解错了。”智友略显尴尬地说道。

可弼向太平使了个眼色，谢谢他帮忙。太平也背着智友给可弼眨了眨眼。

“这还是我第一次有这种体验，不用说话就能知道大家都在想什么。”

智友仿佛吃到了什么美食一样，开心得要飞起来了。

“是啊，我也是第一次体验这种感觉。”

平常不怎么说话的太平也加入了智友的行列。

“好了，那我们快点儿去完成汽车任务吧。”

可弼害怕再聊下去，自己内心的小秘密会藏不住，赶紧离开了座位。

汽车任务的房间外面仍然有很多人在排队，不过没有一开始那么多。因为在航空器任务和快艇任务中被淘汰的队伍都已经回家了，三风兄弟也在这里排队。

“下一队进来吧。”

在工作人员的指示下，三风兄弟进了房间。下一队就轮到智友他们了。这时航空器房间的工作人员都在房间外面休息，因为现在没有人去挑战航空器任务。快艇任务也只有几个队在排队。

咕噜噜。

这时智友肚子里传来了声音。

“我刚刚吃了挺多饭的啊，怎么就饿了！”

“因为今天用脑过度啊。”

“不是运动的时候才会消耗很多能量吗？用脑怎么会消耗能量啊？”智友用数落的语气朝可弼说道。

“可弼说得对。我以前在一本书上看到过，一个人用脑的时候比静静地坐着的时候消耗的能量要多。”

“普通成年人的平均体重为 70 千克，按照这个重量来计算，脑部的重量约为 1.4 千克，约占整个身体的 2%。大脑虽然重量很轻，但它一天消耗的能量却占据了整个身体所消耗能量的 20%。除此之外，脑部消耗的氧气也占肺部吸入的氧气的 25%，每天消耗的能量和碳水化合物分别占整体消耗的 30% 和 65%。”

可弼难得发挥了一次百事通的实力。

“你的意思是就算不做运动，只要脑部活动很活跃也能减肥？”

“当然了。在我们坐着不动的时候，我们的大脑也在努力处理信息，准备应对即将发生的状况，这会消耗很多能量。不过在我们读书或是学习的时候，能量消耗得就更多。所以用脑子想事情真的是件很难的‘事’。”

咕噜噜。

这次是从可弼的肚子里发出来的声响。

“先别说大脑会消耗多少能量，我看像你这样话很多的人消耗的能量才更多吧。不过也对，说话也是要用到脑子的。对吧？”智友看着可弼的肚子说道。

太平扑哧笑了。

智友他们正说着话呢，这时三风兄弟结束了汽车任务，正在往航空器任务的房间走去。这下轮到智友他们了。

“下一队可以进来了。”

智友他们和另外四个队在工作人员的引导下走进房间坐了下来。

“汽车任务是三个项目中最简单的一个项目，你们可以参考画面右上方的地图，在规定的时间内到达终点即可。你们可以通过 iGPS 确认自己的位置，比赛马上开始。”

智友他们戴上了 3DMB 眼镜，通过地图提前确认了路线。整个路程共计 10 千米，限定时间为 10 分钟，时间比较充裕。

他们把大脑信号输入电脑里，画面上出现了倒计时。可弼发出了轰隆轰隆的声音，仿佛一辆即将准备出发的赛车。

“三、二、一，出发！”

出发号令一响，可弼就像离弦的箭一般冲了出去。可弼的码表瞬间转到了时速 240 千米。虽然他在经过弯道的时候有减速，但他的平均速度还是超过了时速 200 千米。

智友和太平现在才开始提速，他们的速度从时速 80

千米提高到了时速 100 千米，并一直维持在时速 100 千米左右。

可弼只用了不到 3 分钟的时间就抵达了终点。可弼看了看智友和太平的当前位置，想看看有没有什么能帮上忙的地方。

智友的车速维持在时速 100 千米，开得很稳当。不过太平的车速却比预想的要慢。太平的码表显示他的车速为时速 70 千米，照这个速度开下去的话，应该能成功，可万一中途出现一两次失误的话，没人知道会出现什么样的结果。

可弼向太平发出信号，跟他说明怎样才能提高车速。可太平好像太过紧张了，没有理解可弼的话。比赛时间过去 7 分钟后，智友到达了终点。她和可弼都很担心太平，两人急得直跺脚。

这时太平终于到了终点前的最后一段直行路，距离终点只剩下几个急弯了。可现在离比赛结束只剩不到 1 分钟了，就算是可弼去帮他开也很难在规定时间内到达终点。可弼和智友决定不再给太平任何信号了，他们觉得让他自己去做出判断会更好。

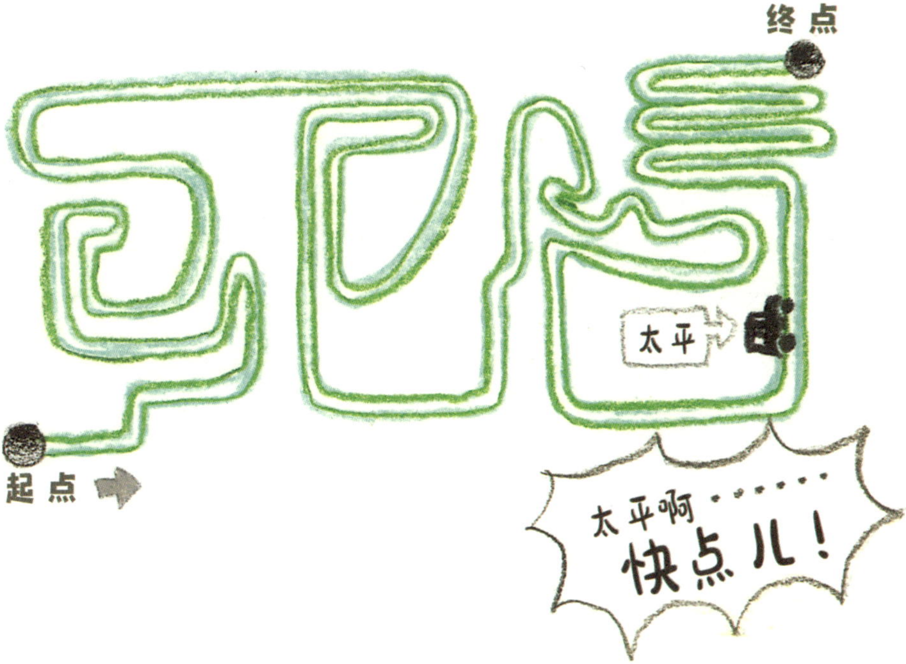

太平回想起了练习时的场景。紧接着，他给汽车下达命令让它张开翅膀，只要不按照固定线路走弯道，直接从路与路的间隙穿过的话，就能很快到达终点。可是跟练习的时候相比，正式比赛里路与路之间的距离宽了不知道多少倍。

太平听取了可粥的意见，将引擎的转速提到了最大，这时车速猛地开始加快，码表指针指向了时速 280 千米。在直行路快要到头的时候，太平的车腾地飞上了天空，从那几个急弯上空飞过。在终点看着这一幕的可弼和智友屏住了呼吸。

太平的车稳稳地停在了终点前，在比赛时间过去了 9 分 58 秒的时候非常惊险地完成了任务。

可弼和智友紧紧抱住了太平，脸上洋溢着开心的笑容。汽车任务是三个项目里最容易的一个，智友他们从来没想过会在汽车任务里遇到这种意想不到的状况。

“喂，何太平，刚刚真的太惊险了。”

可弼这才舒了一口气。

“对不起，都是因为我……”

“没事的，太平。倒是我没能帮上你的忙，对不起啊。不过最后那一下腾空一跃真的很酷。”

智友朝太平竖起了大拇指。

“因为练习的时候试了一次，走到最后没别的办法了，突然就想到了这个功能。那时候我才理解可弼跟我说‘要把引擎转速提到最大’的意思。”

“我说对了吧，这里的关键就是引擎转速。转速提到最大，车子就有了起飞的推力。如果我没跟你们一起来参赛的话，你们肯定早就收拾东西回家了吧？”

“是是是，你说得都对。真是服了你这个百事通了。”

看到可弼自卖自夸的样子，太平和智友笑得停不下来。

280km/h

iGPS
终点
哟吼!
9:58

利用神经工程学技术研发的医疗器械

利用大脑信号打造出的医疗器械有哪些呢？

近年来，随着大脑科学和神经工程学技术越来越发达，医疗器械领域也实现了飞速发展。利用大脑信号打造的医疗器械主要可以分为两种：一种是辅助患者进行日常生活的器械，一种是准确诊断患者的状态，进而帮助医生进行治疗或手术的器械。接下来我给大家介绍两种最具代表性的医疗器械。

随意念而动的轮椅

2009 年，西班牙的一所大学研制出了可以用人的意念来操作的轮椅。使用者坐在轮椅上，看着屏幕上出现的周边环境，只要集中精力在想去的地方，轮椅就会自动前往目的地。日本也成功研制出类似的轮椅。人在想象右手动起来的场景时，大脑中下达这一命令的“左侧运动调节区域”会产生强烈的脑电波；而在想象左手动起来的场景时，大脑中下达这一命令的“右侧运动调节区域”会产生强烈的脑电波。在测量好相应的脑电波后，人们只要想到“举起右手”或“举起左手”，就能控制轮椅往右侧或是左侧前进。

包括这种靠意念就能控制的轮椅在内，为行动不便的患者提供便利的医疗器械取得了飞跃性发展。虽然这种器械目前很难在日常生活中使用，但随着技术越来越发达，未来不仅会出现随意念而动的轮椅，还会出现随意念而动的人工手臂、人工腿。

功能磁共振成像 fMRI

这个名字看上去很难吧？简单来说，fMRI（functional MRI）是一种测量大脑活动的设备。神经细胞需要氧气来产生能量，供自己活动使用。血液中富含大量氧气，活动旺盛的脑部区域需要血液为其提供氧气。因此我们可以通过血液移动的方向，或是血液的分布位置，来确定脑部的哪个区域活动比较旺盛。在较强的磁场下，大脑中血氧含量高的血液与血氧含量低的血液会产生不同的反应。fMRI 就是利用这一原理进行测量的设备。通过 fMRI 设备，我们无须开颅，仅用类似于拍照的方式就能检测脑部活动。

2 1 3

第 5 章

逃出大脑迷宫

到了下午一点，主办方公布了通过任务的队伍名单。

“上午参加比赛的队伍中，居然真的只有 8 支队伍顺利通关了？”

这和可弼预测的结果一样，智友吓了一跳。

“三风兄弟果然又是第一。”太平看了看排名的最上方，说道。

“我们的成绩也不错，虽然只是第三名。好了，接下来我们就去争第一！”可弼自信地说道。

“嘿，你们好啊。是不是因为你们帮了我们一个忙，所以裁判给你们放水了啊。”三风兄弟中的台风朝智友他们走过来，冷嘲热讽地说道。

“那怎么可能，我们可是努力通关，好来收拾你们的。”智友反驳了回去。

“哦？没想到你这个土包子口才功力见长啊。”

被台风这么一说，智友气得头发都竖起来了。智友真的觉得实在是忍无可忍了，她卷起袖子往前冲。要把这个蓝头发的臭小子打到出鼻血才解恨，智友边心里想着，边抡起拳头就要开打。

“智友，先忍住！我们还有比赛没比完呢。”

“对啊！你要想想我们是付出了多少心血才走到这里来的！”

太平和可弼费了好大力气才拦下了智友。智友为了让自己冷静下来，只能气呼呼地盯着三风兄弟。

“你是觉得实力不够，想靠力气来一拼高下吗？真是个土包子。你们知道这里的规则吧？要是参赛者打架的话，加害者的一方就要退赛，你们要是想打也可以，不过打完就得收拾东西回家了。”

三风兄弟哧哧地笑着走了。

接着剩下的8支队伍聚集到了大赛总部，准备挑战最后一个任务。终极任务分为两个阶段。第一个阶段是“大脑占地盘”游戏，和小时候玩过的占地盘游戏差不多。限定时间为30分钟，所有队伍同时开始游戏，看哪一队占到的地盘面积最大。听完规则，大多数参赛者的表情都非常僵硬，不过三风兄弟却仍然非常自信。他们一脸淡定，好像平时就经常玩这种游戏似的。

“接下来我想给大家说一个很重要的事情，那就是比赛的分值问题。我们先来看一下到目前为止各队的得分。”

崔秀载博士话音一落，大屏幕上就出现了各队的分数和排名。参赛者们都很惊讶，因为目前第一名和最后一名居然相差230分。排名靠前和排名靠后的队伍表情截然不同。大家都在大声议论着。

这时崔博士接着介绍：“大家先别急着失望。在终极任务中，最后一名的队伍如果能拿到最高分值，也能逆转局势成为第一名。因为分值范围是从0分到500分，所以不用太在意其他队伍的得分，最主要的是要制订好战略，把本队的分数提上来。”

“三风兄弟的总分有748分啊。”可弼非常不爽地说道。

“不过第二名跟我们的分数差不多。”智友从上到下看了一眼分数后说道。

第二名是 572 分，智友他们排名第三，总分为 570 分。不过最后一名的分数也有 518 分，相差并不是很大。

“其实除了第一名，其他队伍的分数都差不多。”太平用一句话概括了现在的得分情况。

崔博士让每个参赛队伍取个队名，他说取一个能突出队伍特色的队名，等会儿比赛的时候会更有趣。最先取好队名的是三风兄弟。

“最强三风”。

这个名字听上去很厉害。其他队伍也接二连三地取好了队名，什么“头脑风暴”“少年时代”等，听上去还挺有意思的。现在只有智友他们队还没取好队名，现在他们面前摆了三张纸条，每张纸条上写着一个队名。一个是智友取的“跆拳道少女”，一个是可弼取的“神经工程学家”，还有一个是太平取的“大器晚成”，每个人都觉得自己取的队名最好。

“没多少时间了，我们抽签决定吧。”

太平说完后，三个人开始猜拳，赢的人来抽签。

“嗬！我赢啦。”

智友抽了一张纸条。她小心翼翼地打开一看，上面写着“神经工程学家”。

就这样，参赛的8支队伍都取好了队名。

参赛者们在工作人员的引导下走进了比赛赛场。这次的赛场是一个正八边形，有四五个学校操场那么大。八边形赛场的顶点是每个队伍的基地，这也是每个队伍的固定领土。每个队伍的基地中有一个机器人，这个机器人可以接收每队队员的大脑信号，根据信号踢出“科学石”。

“今天就让你们见识见识我们的厉害。”可弼望着最强三风队，紧握着双拳说道。

“就让我们来创造奇迹吧。”

智友和太平也为自己加油打气。

大脑占地盘虽然与传统的占地盘游戏很像，不过游戏的方式有些不一样。一般情况下，占地盘是定好顺序后，每个人轮流来玩游戏。不过，大脑占地盘游戏规则是所有的队伍同时开始，这样一来的话，科学石经过的路线就会与其他队伍重叠，这种情况下，先经过该区域的队伍享有优先权。不过，就算是某一队先经过该区域，但如果他们

终极任务的第一个阶段
是大脑占地盘游戏！
请使用我们提供的
机器人和科学石。
智能机器人
该机器人关节
灵活，可通过
大脑信号进行控制。
科学石
该科学石可精确
识别所处位置的坐标。
每队一轮可以踢三次
科学石，如果第三次能将
科学石踢回本队的基地，
那就可以占据科学石路线
围起来的地盘。
①
②
③
基地

第三次未把科学石踢回自己的基地的话，就不算数。这时如果晚经过这一区域的另一队将科学石踢回了自己的基地，那这一队就可以把这个区域作为他们的地盘。

每个参赛队伍都走向了本队的基地。神经工程学家队的基地正好是在 6 点钟位置的地方，而最强三风队的基地则位于 9 点钟位置。

“我们提供的机器人可以同时接收三位队员的信号，每队的机器人功能相同，颜色不同。不过我觉得就算机器人功能相同，根据你们所下达命令的差异，机器人的实力应该也会大不相同吧。那我们开始比赛吧。”

叮咚！

开始铃声响起后，大家都立马戴上了 3DMB 眼镜。大家开始向机器人发送信号，机器人也开始走动了起来。有的队伍立马就踢出科学石开始游戏，也有的队伍还在讨论游戏策略。

神经工程学家队也在制订游戏策略。可弼和太平认为可以缩小每一轮经过的区域，积少成多，一步步扩大地盘。而智友则认为可以扩大每一轮经过的区域，一次性拿下较大的地盘。他们也不知道哪种方法更好。可弼和太平的方法很安全，就是占地盘的速度太慢，而智友的方法虽然能快速占据地盘，可如果有失误的话，就会错失一次占据地盘的机会。

你们难道不想赢吗？

智友一脸郁闷地问可粥和太平。

那倒不是……

可粥欲言又止。

那就按我说的来吧。

可粥和太平还没同意呢，智友就给机器人下达了命令。接收到命令后，机器人拿起科学石朝右手边 1 点钟方向使劲扔了出去，科学石滚了很远，停在了赛场的正中央。神经工程学家队的科学石速度非常快，以至于其他的参赛者都被吓了一跳。最强三风队也被吓到了，他们本来打算扔科学石，结果被吓得停了下来。

很好，接下来往左！

智友重新向机器人发送信号，这下科学石被远远地扔到了基地左侧。最强三风兄弟的科学石也被扔在了同一侧，智友的科学石离最强三风队的科学石只有一拃远。可现在智友的科学石离他们的基地太远了，很难踢回基地里来。

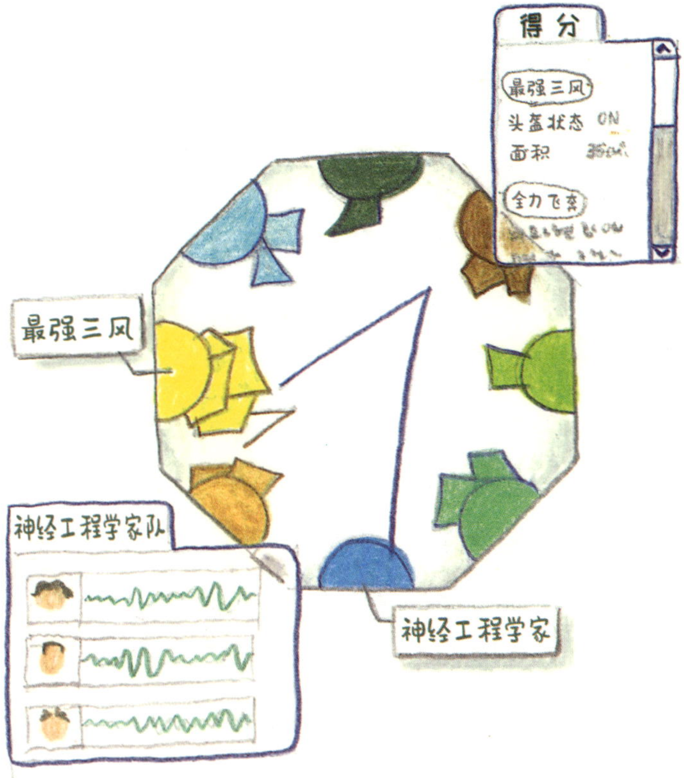

除了方向之外，力度也非常重要。神经工程学家队的基地地盘太小，很难一次性成功。

不过如果这次能成功的话，他们就有机会打败最强三风队了。目前最强三风队已经拿下了四块面积比较小的地盘，这些地盘连接在一起形成了一块相当大的地盘。

智友重新打起精神，瞄准了基地的方向，想要把科学石扔出去。就在她要发送信号的那一刹那。

等等！

可弼打断了智友。

崔可弼，你干吗打断我。我感觉刚刚那下挺好的！

智友不耐烦地说道。

你的方向确实是瞄得挺准的，可这个距离太远了。如果就这样把科学石踢出去的话，就算成功进到了基地也会比最强三风队晚一步，那块地盘也会被他们抢走。再说了，最强三风队的科学石离他们的基地这么近，肯定会成功的。

那怎么办？难道就这样放弃吗？

可弼确认了一下目前的数据，对智友第一次和第二次发送的信号进行了分析。他确认了智友此前所用的方向和力度的数值后，告诉了智友能够让科学石回到基地的信号的具体数值。

好了，按照这个数值来下达命令的话，科学石就能回到基地了。不过要把科学石再往左用力踢一点，那样才更保险。

再往左用力踢一点？

呼……

智友有些疑惑，歪着头反问道。

就是足球里的香蕉球啊，金智友。

啊，香蕉球我还是有信心踢好的。

在智友和可弼讨论战略的期间，最强三风队已经把科学石踢回了基地，他们的地盘又扩大了。目前的状况对智友来说是很不利的，智友心里非常紧张，她开始深呼吸。接着她按照可弼的建议将科学石往左边用力踢了出去。科学石往机器人左边划出了一道很大的弧线，这才避开了最强三风队的地盘，回到了基地。

哇！成功了！

神经工程学家队成功后，位于他们旁边的真假菜鸟队的处境变得非常尴尬。因为他们夹在最强三风队和神经工程学家队之间，就这样被困在了里面，无法动弹了。这次成功后智友信心倍增，她想把地盘再往左扩张一点，把最强三风队给孤立起来。不过最强三风队也不会乖乖等着被孤立。对于三风兄弟来说，他们唯一的出路就是要和赛场边界线连成一线。根据比赛规则，如果科学石触碰到了其他队伍的地盘边界线，那么这次尝试就会被判为失败，但是如果能将自己的地盘和没有被占领的赛场的边界线连成

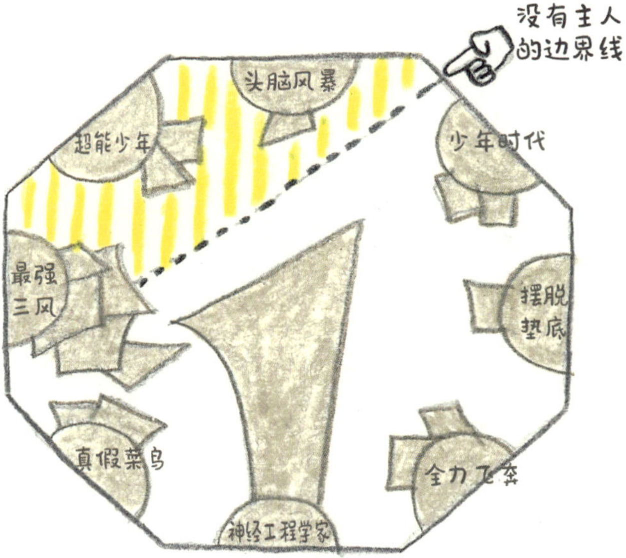

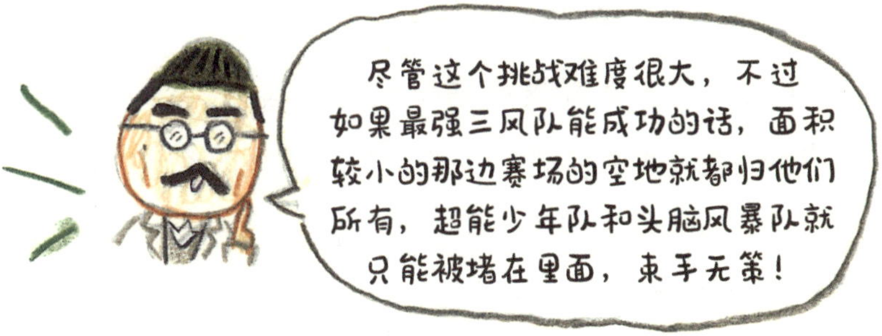

一线的话，以这一连接线为基准，左右两边中面积较小的一侧的所有空地就可以归他们所有。比如说，如果最强三风队把科学石踢到了少年时代队和头脑风暴队之间的赛场边界线上的话，那么头脑风暴队和超能少年队所在的左侧空地都会归最强三风队所有。这样一来，头脑风暴队和超能少年队自然而然就被堵在了原地，无法往外扩张，而最强三风队就可以轻松赢得比赛。

现在没时间犹豫了。如果最强三风队的策略成功了的话，神经工程学家队就要让出第一名的位置了。不过不管最强三风队有多么厉害，这么远的距离对他们来说，也是个难题。

神经工程学家队在考虑这些问题的时候，最强三风队已经把科学石踢出去了。他们的科学石落到了神经工程学家队地盘的最右侧边缘附近。

不行，我们不能就这样被他们抢了第一！

智友非常担心地大喊道。

现在最强三风队的科学石距离边界线很近，就算不是最强三风队也能轻松把科学石踢到边界线上去。神经工程学家队现在已经没有别的办法了，只能希望能力超强的最强三风队发生失误。这时少年时代队突然踢出了一个科学石。

怎、怎么会！

奇迹的一幕发生了，三风兄弟瞬间眉头紧皱。少年时代队好像看破了最强三风队的战略，把他们的路线给挡住了。现在最强三风队唯一的出路就是抢在少年时代队之前将科学石踢到边界线上。最强三风队心里非常着急，火急火燎地将科学石踢了出去。可是他们踢得太急了，导致科学石都没有挨到边界线就停了。

而少年时代队则非常淡定地踢出了科学石，不过踢的方向却有些奇怪。科学石前进的方向不是边界线方向，而是他们基地的方向。

其实少年时代队只是想扩大自己的地盘，碰巧妨碍了到了最强三风队的计划。不管怎样，现在少年时代队先把科学石踢回了基地，那最强三风队的这次尝试就成了泡影，他们已经无路可退了。

在少年时代队决定下一次往哪边踢的期间，最强三风队又急忙将科学石踢了出去。

“叮！”

这次最强三风队的力度好像不足，科学石停在了边界线的正前方。这也意味着他们失去了最后一次机会。而少年时代队则把科学石踢回了基地，扩大了自己的地盘。

紧接着赛场内响起了游戏结束的铃声，这次游戏的第一名是神经工程学家队，第二名是最强三风队，不过两队

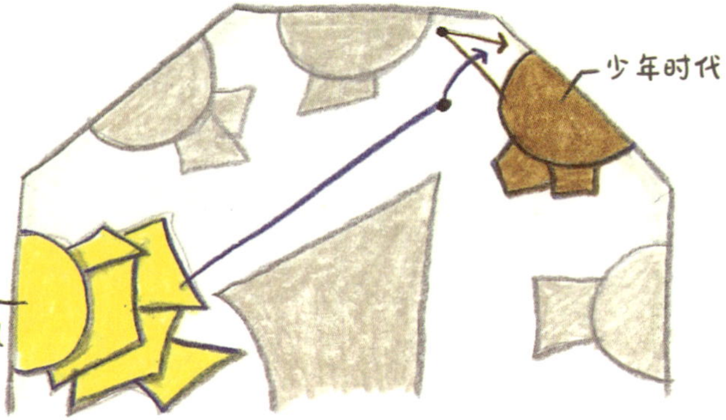

的得分还是相差较大的。

“哇，我们是第一名。”智友摘下了 3DMB 眼镜大声喊道。

“金智友，你今天真的很有魄力。”

智友和可弼开心地跳了起来，太平也第一次发出了喜悦的欢呼声。这时大屏幕上显示了第一阶段的比分情况，接着公布了到目前为止所有队伍的总得分及排名情况。

排名	队名	初赛	决赛 第一阶段	决赛 第二阶段	总分
1	最强三风	748	84		**832**
2	神经工程学家	570	210		**780**
3	少年时代	572	40		**612**
4	头脑风暴	568	16		**584**
5	超能少年	567	39		**606**
6	全力飞奔	544	15		**559**
7	摆脱垫底	518	68		**556**
8	真假菜鸟	527	24		**551**

看到目前的比分，神经工程学家队又沸腾了起来。现在，他们跟最强三风队之间相差的分数也不多了，如果接下来的最后一场比赛能取得好成绩的话，他们也有可能拿到第一名。

“喂，三风兄弟，怎么样？失手的感觉如何？”

三风兄弟到这边来确认比分，可弼便开始对他们冷嘲热讽。

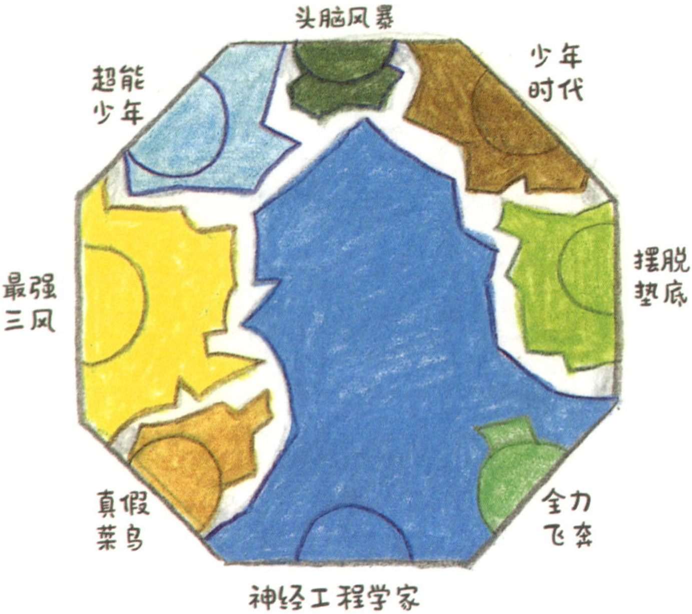

“不就是运气好拿了次第一嘛，有什么了不起的！还想追上我们？那你们可差远了。我们只是这次失误了而已，下次绝对不会再失误了。”

疾风立马反驳了可弼，不过语气比之前要收敛许多。

“过度自信的后果是什么滋味，通过这次失误你们应该尝到了吧。”

智友想到了之前的遭遇，狠狠地顶了回去。三风兄弟备受打击，心情十分低落，没有还嘴就走开了。

午饭后，第二阶段的游戏开始了。游戏的比赛工具为车和船，前两千米的路程需要驾船进行水上竞赛，之后的路程需要驾车进行时速为 40 千米的陆上竞赛。这次比赛的总分为 400 分，如果中途放弃或失误的话，就很难得分。参加比赛的 8 支队伍都势在必得。神经工程学家队如果不能超过最强三风队的话，也很难拿到第一名。

赛场的人工水上赛道边停放着 8 艘快艇，整个赛场是一个长方形，水上赛道是直线。水上赛道结束后，紧接着就是弯弯曲曲的陆上路线。参赛者们都坐上了快艇，等待着出发信号。各个队伍同时让快艇识别大脑信号，接着每艘快艇上都亮起了启动的绿灯。神经工程学家队也做好了出发准备。

砰！

随着出发信号一声令下，8 艘快艇发出轰隆隆的轰鸣声，冲进了水上赛道。

第一个障碍关卡是通过大型游泳圈，如果没有成功通关，就会失去很大一部分分值。每个障碍物的分值为 50

分，如果三个全部都没通过，就会失掉150分。

之前的汽车是有翅膀的，可以腾空越过这些障碍物，不过船要怎么过去呢？

智友问道。这时他们的船离大型游泳圈越来越近。

是啊。如果直接闯过去的话，游泳圈会被快艇的螺旋推进器给弄破的。那就要少拿50分了，可是又不能中途熄火。

可弼摇了摇头，他也想不到什么好方法。所有队伍都把游泳圈弄破了的话就没什么大问题，不过有队伍没弄破游泳圈的话，那在这次的比赛中，这队就会变得很有利。其他的队伍好像也和神经工程学家队一样在纠结这个问题。随着快艇离游泳圈越来越近，大家都放慢了速度。不过最强三风队却正好相反。

咦？他们怎么胆子这么大？

智友他们看着最强三风队的船说道。他们的船仍在快速往前冲。

他们是不是觉得反正游泳圈会被弄破，干脆快点儿往前冲，缩短任务时间？

可弼一直盯着最强三风队的快艇，眼看着就要经过游泳圈了。

哗哗哗！

伴随着哗哗哗的水流声，最强三风队的快艇轻轻越过了游泳圈，径直往前冲去。游泳圈没有被弄破，只是随水流晃动了几下。其他的队伍都跟丢了魂儿似的，望着最强三风队远去的背影出了神。如果这样下去的话，根本就没必要再比了。

神经工程学家队的快艇也慢慢停了下来。最强三风队好像已经通过了第二关，大屏幕上显示他们又得了 50 分。这时全力飞奔队提高了船速，直接朝着游泳圈冲了过去。只见砰的一声游泳圈被弄破了，不过他们没有停下来，直接提速冲向了第二个障碍物。既然没办法通过所有的障碍物，那这个没法解决的障碍物就不管结果如何直接快速冲过去吧，他们应该是这么想的。

我们要不也直接冲过去吧？

可弼心急地问道。

我想到了一个好办法。

什么办法，太平？

太平话音还未落，智友就问他。

在游泳圈前面让螺旋推进器停下来的话，游泳圈就不会被弄破了。

可那样的话快艇就停了啊。

可弼有些不耐烦地说道。

我们把船速提到最高往前冲，到了游泳圈前就关掉引擎，让船头翘起来，这样就算螺旋推进器停下来，快艇还是能很快地越过游泳圈。

太平说完后，智友立马开船后退。接着她把加速度提到了最大，直接往前出发。神经工程学家队的快艇也以超快的速度朝游泳圈冲去。果然跟太平说的一样，快艇越过了游泳圈顺利通关。看到神经工程学家队成功过关后，其他几队也开始往后退。最后只有全力飞奔队、超能少年队、摆脱垫底队这三队没有通过第一个障碍物关卡。

这时，神经工程学家队开着快艇到了一个黑乎乎的洞口前，因为太黑了，根本看不清洞里究竟是什么情况。如果盲目提速冲过去的话，肯定会撞到洞里的某面墙，快艇也会被撞坏。

也不知道三风兄弟是怎么快速通过这个洞口的，我们要不试试上午控制快艇前进的方法吧。

智友提出了一个最安全的方法。现在没时间犹豫了，神经工程学家队开着快艇慢慢地往洞里走。可弼和太平在两边拿着桨，沿着墙壁探路，告诉智友该怎么走。

虽然有些晚了，在目前的竞赛路程中他们排在第三。不过现在排在第二的全力飞奔队因为丢了50分没拿到，所以实际排名第二的是智友他们队。

最强三风队早就拿到了150分，现在已经开始陆上竞赛了。神经工程学家队将船速提到最高，前往下一关。不过前面好像没看到有障碍物。

走了这么远了，障碍物也该出现了吧……唉？咱们的船怎么了？

这时快艇突然往一边倾斜，智友紧紧扶住船上的柱子说道。

天哪，是漩涡！

可弼吓得脸都变色了。走在他们前面的全力飞奔队也拼命地想摆脱漩涡，可是漩涡的速度太快了，很难摆脱。跟在智友他们后面的少年时代队和头脑风暴队看到前面两队被卷进了漩涡后，快速从最角落的地方穿了过去。

智友他们试着往跟漩涡相反的方向加速，可快艇的一大半都已经被卷进了漩涡，就算是往相反的方向加速也没用，只会越卷越深。

智友他们脑子里闪过了一丝放弃的念头。在他们前面被卷入漩涡的全力飞奔队正在漩涡的中央被卷得团团转。不用过多久，神经工程学家队的快艇肯定也会变成那样。

这下真的没法子了吗？

智友垂头丧气地说道。

是我们太大意了。

太平也想着放弃算了，可弼则没有说话。再这样下去船马上就要触底了。

反正都已经这样了，我们干脆快点儿开到漩涡中央触底算了。

可弼突然没头没脑地说道。

喂，崔可弼，你想就这样放弃了吗？

可弼无视智友的话，提高了船速。这时，令人震惊的一幕发生了。漩涡的力量和快艇的推力结合在一起，使得快艇飞出了漩涡。由于和水的摩擦变小，快艇能更快地摆脱漩涡。而且因为船速非常快，漩涡水流对快艇的影响也减弱了。

神经工程学家

哇，逃出来了！崔可弼，没想到你还有挺帅的一面。

呼！金智友，你不会是被我迷住了吧？

呃，不，不是……

智友忘了自己的想法会被传递出去。

这次多亏了可弼，正是因为他有着惊人的判断力，神经工程学家队才能躲过危机。不过全力飞奔队、超能少年队、真假菜鸟队却没能逃出漩涡，失去了比赛资格。

水上竞赛结束后，快艇底盘下伸出了四个轮子，变成了一辆非常适合兜风的跑车。

最强三风队现在在哪儿呢？

智友在车内的屏幕上找着最强三风队的当前位置。

在这儿。

可弼指着地图上比赛路程的 2/3 处说道。

嗯，不过他们怎么停在那儿不动？汽车竞赛不是竞速比赛吗？应该没有障碍物啊。

智友也有些疑惑。

他们不会是在等我们过去吧，就像龟兔赛跑那样。等我们过去了他们就一脚油门冲向终点？除了我们也没有别的队伍有机会赢过他们了。

没准儿真的跟可弼说的一样，他们本来就不是什么善碴儿。

智友随声附和道。

现在总共有 4 支队领先神经工程学家队，这 4 支队分别是最强三风队、少年时代队、头脑风暴队、摆脱垫底队。根据比赛规则，如果 5 队都通过了这一关，那么从第一名到第四名将分别得到 400、300、200、100 分，第五名得分为零。如果最后 5 个队按照目前前进的顺序陆续到达终点的话，至少有一两个队的得分会超过神经工程学家队的。

在竞速比赛中，只有三个队员的想法完全一致才能把车速提高。三个队员想法的同步率越高，车速就越快。从目前的记录来看，目前同步率最高的是最强三风队，其次就是神经工程学家队。不过目前智友他们落后三风兄弟太多，很难追平。

智友、可弼和太平三个人集中注意力向汽车发送大脑信号。接着汽车引擎发出轰隆隆的声响，车也仿佛被弹出去一样，飞快地往前冲。

目前领先的还是最强三风队，其他的三个队都只走了5000 米左右。只要智友他们能够集中注意力的话，就可以追上除去最强三风队以外的其他三队。

神经工程学家队以超快的车速行驶在笔直的大路上。通过了长度为 5000 米的笔直路段后，他们面前出现了迂

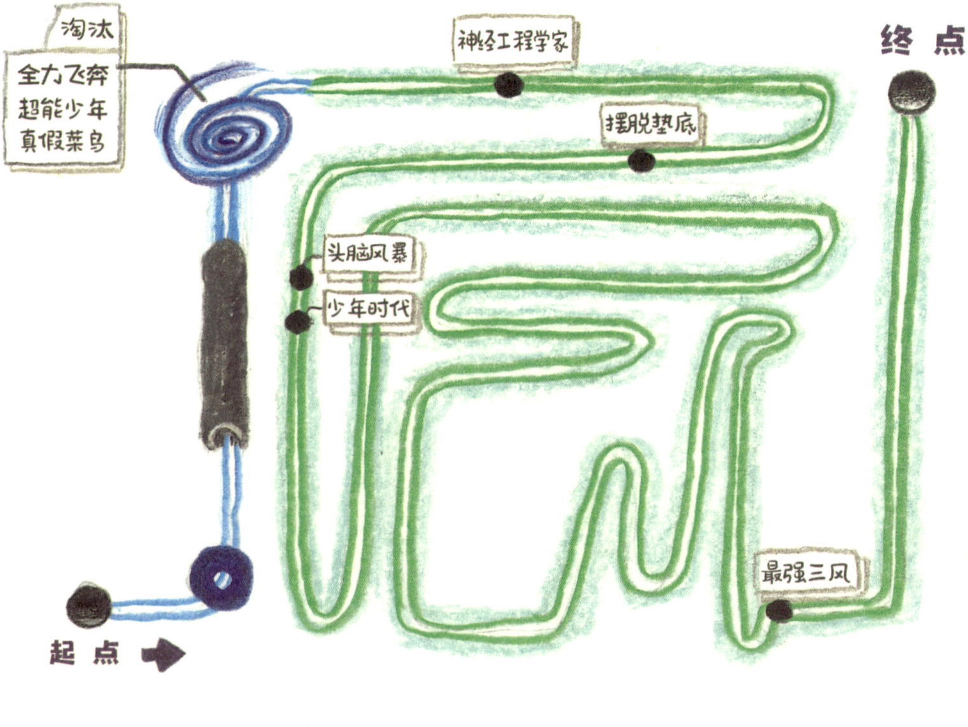

回曲折的弯路。智友他们三个人集中注意力将同步率提高到了98%，用较快的车速通过了弯路。弯路之后是一段很长的上坡路，目前摆脱垫底队和少年时代队还在吃力地往上爬坡。在到达上坡路的顶点之前，智友他们轻松地超越了摆脱垫底队和少年时代队。接下来是下坡路，不过下坡路太陡了，很容易出事故。

这时头脑风暴队正在快速下坡，神经工程学家队也开始加速追赶。随着车速越来越快，引擎的声响也越来越大。

我们是不是速度太快了？速度太快的话会很危险的！

智友担心地问道。

如果现在不能追上最强三风队的话，我们就肯定没法拿第一了，还是再提点儿速吧。

可弼发出了更强烈的脑电波。这样一来，每个人的想法都不一样，同步率就大幅降低，车速也慢慢降了下来。车速一慢，可弼就变得更着急了。

智友，赶紧把脑电波变得更强烈些吧！

智友只能听可弼的，向车子发送提速的信号。不过车

180 km/h
GPS
我们
来了！
神经工程学家

速还是没有变快，因为太平的想法跟他们的又不一样了。

可弼，还是不要太快吧，我觉得我们在保证安全的情况下尽全力就好了。

太平都这么说了，可弼只能放慢速度。速度虽然减慢了，可这段路太弯了，还是能感觉到整个车都是倾斜的。智友他们好不容易才通过了弯道，这时他们看见最强三风队的汽车被夹在了绿化树的间隔里，没法动弹。原来是因为他们速度太快了，在经过弯道时没有减速所以被甩到了弯道外面。

哎哟？原来他们是因为这样才一直卡着没动啊。还好我听取了你们的建议，不然的话我们也会因为速度太快被甩出来，也要被夹在这儿了。

他们这次真是大失误，哈哈哈。

智友也开始嘲笑三风兄弟。在智友他们驾车从身边经过时，三风兄弟朝他们挥了挥手，希望智友他们能帮他们一个忙，帮他们把车给拉出来。

其实三风兄弟完全可以请工作人员帮忙，他们没这么做主要是因为如果接受工作人员的帮助的话，就会当场失去比赛资格，所以他们才向别的队伍请求帮助。因为比赛规则中没有规定向其他队伍寻求帮助会被淘汰。

可弼，太平，我们快走吧！

好的，智友。

可弼和智友重新发送了提速的信号，可这时车子却停了下来。

怎么停了呢？车子难道出故障了？

可弼觉得很奇怪，他看了下驾驶座前的表盘，确认上面有没有显示紧急故障的图标，可表盘显示没有任何异常。

要不我们把他们先拉出来吧。

是太平让车子停下来的。

这像话吗？比赛就是要讲究公平公正，你想想他们之前是怎么对待我们的，这种“惩罚”对他们来说都是轻的。

智友激动地说道。

是的，太平。智友说得对，我们绝不能帮他们。明明他们自己联系主办方工作人员就能解决，可他们却要使这种小伎俩，摆明了就是想拿第一。

可弼也跟智友一样提出反对意见。

我也不喜欢三风兄弟。不过别人都开口向我们寻求帮助了，不帮他们我也有些于心不忍。说不定我们会跟他们成为好朋友呢。他们如果没有失误的话，第一就是他们的了。

太平一反常态，语气特别强烈。可弼和智友虽然还有很多话想跟太平说，可他们害怕再在这儿说下去，头脑风暴队就会领先他们很长一段距离。智友和可弼也不知道该怎么办才好。

这时可弼脑海里浮现了各种各样的回忆。自己刚转学过来的那段时间，没有人愿意跟自己玩，只有太平主动跟自己说话，太平还帮他说服了智友，让他能跟他们俩一起来参加这场比赛。对于可弼来说，太平是自己独一无二的好朋友，他不能对太平的话置之不理。

好，那就听太平的吧。

可弼同意了太平的建议。智友虽然很无奈，但也同意了帮助三风兄弟。

神经工程学家队驾车掉头，前往最强三风所在的位置。看到神经工程学家队慢慢往这边走，三风兄弟吓了一跳。虽说他们是跟智友他们寻求了帮助，不过他们没想到智友他们真的会来帮忙。因为其他的队伍也都没有管他们，只顾着一个劲儿往前冲，所以他们也没抱多大希望，只当是试一试才跟智友他们寻求帮助的。三风兄弟没想到智友他们会真的回来帮忙，他们觉得非常不好意思，觉得没脸面对智友他们。

太平飞快地从汽车的后备厢里拿出了麻绳，把三风兄弟的车和他们的车连在了一起。接着可弼和智友慢慢地移动汽车，将夹在两棵树中间的三风兄弟的车拉了出来。这时车内的屏幕上显示头脑风暴队第一个到达了终点，紧接着又显示少年时代队和摆脱垫底队也抵达了终点。

按照目前的排名，神经工程学家队和最强三风队两队中，先到达终点的那队可以拿到 100 分。智友和可弼都觉得最强三风队应该会超过他们先到达终点，不过一直在到达终点之前，最强三风都没有超过神经工程学家队。

大赛的最终排名结果是神经工程学家队排名第三，最

强三风队排名第四，摆脱垫底队排名第五。

“神经工程学家队的三位队员，之前是我们太冒失了。一直以来，我们都觉得人只要头脑聪明就行。不过看到你们回来帮我们忙的时候，我们明白了，一个人光头脑聪明是不够的，内心善良的人其实更酷。之前是我们做得不对，我们给你们道歉。”

台风代表三兄弟郑重地向智友他们道歉。可弼觉得，就像太平之前说过的那样，他们可以和三风兄弟成为好朋友。

接下来就是颁奖仪式了，参加颁奖仪式的都是继续留在这里观看比赛的淘汰者和学生家长。颁奖典礼上颁发的奖项只有第一到第三名，本次大赛的颁奖嘉宾是主办方韩国大学的校长，由他亲自给各个获奖队伍颁奖。不过跟给第一、二名颁奖的时候相比，给第三名颁奖的时候，台下的掌声和欢呼声最热烈。智友、可弼和太平三个人被这幅

景象震惊到目瞪口呆。其实是因为在场的人差不多都通过实时转播观看了竞赛的全过程。最强三风队的车被夹住的场景，头脑暴风队没有理会三风兄弟的求助，径直往前走的场景，神经工程学家队帮最强三风队把他们的车拉出来的场景，这一切的一切都被在场的人们看在了眼里，他们都被神经工程学家队的善良打动了。

颁奖仪式结束后，智友他们从颁奖台上往下走，这时崔秀载博士朝他们走了过来。

“孩子们，你们辛苦了。”

“谢谢您，博士。”智友弯腰向崔博士打招呼。

“原来你就是智友啊，真的长得很漂亮啊。”

被崔博士突然这么一夸，智友有些不知所措。

“太平，我也被你当时做出的判断给感动到了。”

“您过奖了，崔博士，其实我也没有做什么。”

“不要这么说，你很有当领导的潜力。”崔博士轻拍着太平的肩膀说道。

“最后是我家可弼，这次大会让我对你刮目相看啊。”崔博士突然一下抱住了可弼。

“您刚刚说‘我家可弼’，难道您是可弼的……”

“嗯，可弼是我的大儿子。”

智友吓了一跳。

“可弼不是说他爸爸是做轮椅的吗？”

“他说得也没错，我现在在跟医疗团队一起利用神经工程学技术研制医疗设备，其中就包括用大脑信号来控制的轮椅。”

智友这才恍然大悟。

“对了，金智友，你那会儿跟我说什么来着？”

听到可弼这么问，智友有些惊慌失措。

不过太平却没一点眼力见儿，立马插嘴说：“啊，这个啊。就是当时你把船从漩涡中解救出来的时候……”

“等一下，那、那个……”

智友怕太平把自己的心里话都说出来，打断了他的话。不过天平却不管不顾，接着开始说：“智友说，人不可貌相。”

“什么，这不是拐着弯儿说我丑吗？”

可弼脸都气歪了，可其他人却笑得很开心。

“好了，现在比赛也结束了，就让我作为一个丑儿子的老爸请大家吃顿晚饭吧，不准缺席！”

“哟吼！”

崔博士话音一落，智友他们三个就大声欢呼起来。随后他们踏着轻快的步子走出了颁奖仪式现场。

我想成为神经工程学家!

神经工程学家主要做些什么呢?

近年来，随着互联网等通信技术越来越发达，人们对人工智能或虚拟世界的关注度也越来越高。因为在研发人工智能设备、打造虚拟世界时，神经工程学技术发挥着非常重要的作用，所以神经工程学才备受瞩目。

神经工程学是将认知神经学研究得出的知识，用于解决工程学方面的问题或是用于治疗神经疾病的过程中发生的所有活动。目前，我们对大脑的认识还不够充分，相信以后随着我们对大脑的认识越来越深刻，神经工程学也会取得更大的发展。目前，神经工程学家们正在利用纳米技术、视频技术以及刺激大脑的技术等研发可以治疗抑郁症或痴呆症患者的设备。此外他们还在研发可以尽早识别注意力散漫或是患有孤独症的儿童并进行治疗的设备。一直以来，针对神经疾病或精神疾病此前主要靠吃药治疗，随着神经工程学技术越来越发达，相信以后针对这类疾病一定会有更加多样化的疗法。

另外，神经工程学家还会利用我们的大脑信号，开发出仅靠意念就能控制的机器人或是器械。本书前面也提到过，如果仅靠意念就能控制的轮椅或仿生手臂等辅助器械开发成功的话，行动不便或是因病无法走动的人可以自由自在地活动，这也是人们如此关注这一领域的原因。

此外，神经工程学家能利用大脑信息促进机器人、IT、游戏等产业的发展，还能发现大脑的秘密让我们生活的环境变得更加便利。你们愿不愿意尝试进入无穷无尽的神经工程学家的世界，接受挑战呢？

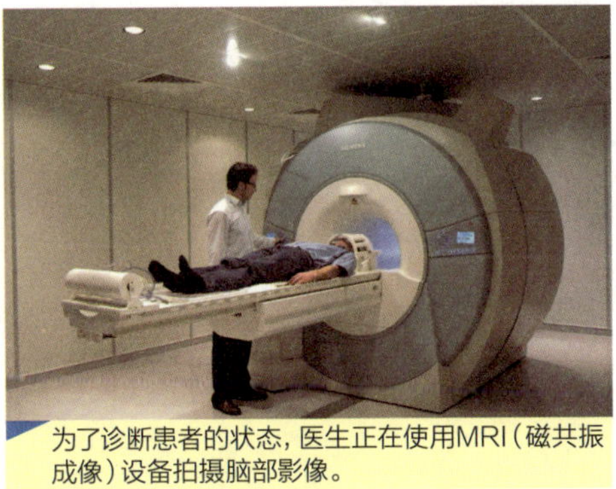

为了诊断患者的状态，医生正在使用MRI（磁共振成像）设备拍摄脑部影像。

图书在版编目（CIP）数据

逃出大脑迷宫 /（韩）金庸世著；（韩）郑因夏绘；罗婷译 . -- 北京：中信出版社，2023.6
（"小学生前沿科学奇遇记"系列）
ISBN 978-7-5217-3712-7

Ⅰ . ①逃… Ⅱ . ①金… ②郑… ③罗… Ⅲ . ①长篇小说－韩国－现代 Ⅳ . ① I312.645

中国版本图书馆 CIP 数据核字（2021）第 253798 号

逃出大脑迷宫
（"小学生前沿科学奇遇记"系列）

著　　者：［韩］金庸世
绘　　者：［韩］郑因夏
译　　者：罗婷
出版发行：中信出版集团股份有限公司
（北京市朝阳区东三环北路27号嘉铭中心　邮编　100020）
承 印 者：宝蕾元仁浩（天津）印刷有限公司

开　　本：880mm × 1230mm　1/32　　印　　张：4.75　　字　　数：80千字
版　　次：2023年6月第1版　　印　　次：2023年6月第1次印刷
京权图字：01－2021－5708
书　　号：ISBN 978－7－5217－3712－7
定　　价：19.80元

出　　品：中信儿童书店
图书策划：将将书坊　　策划编辑：张慧芳　高思宇　　责任编辑：王琳
营销编辑：杜芳　　封面设计：周宴冰